# MINHA VIDA NÃO É COR--DE-ROSA

ilustrações de MARA OLIVEIRA

# MINHA VIDA NÃO É COR- -DE-ROSA

PENÉLOPE MARTINS

1º LUGAR – CATEGORIA JUVENIL

© EDITORA DO BRASIL S.A., 2018
TODOS OS DIREITOS RESERVADOS
**Texto** © PENÉLOPE MARTINS
**Ilustrações** © MARA OLIVEIRA

**Direção-geral:** VICENTE TORTAMANO AVANSO

**Direção editorial:** FELIPE RAMOS POLETTI
**Supervisão editorial:** GILSANDRO VIEIRA SALES
**Edição:** PAULO FUZINELLI
**Assistência editorial:** ALINE SÁ MARTINS
**Coordenação de arte:** CIDA ALVES
**Design gráfico:** CAROL OHASHI/OBA EDITORIAL
**Editoração eletrônica:** GABRIELA CESAR E MARISA GONAZZA
**Supervisão de revisão:** DORA HELENA FERES
**Revisão:** VINÍCIUS PALERMO

Dados Internacionais de Catalogação na Publicação (CIP)
(Câmara Brasileira do Livro, SP, Brasil)

Martins, Penélope
    Minha vida não é cor-de-rosa / Penélope Martins ; ilustração Mara Oliveira. – São Paulo : Editora do Brasil, 2018. – (Série Lódaprosa)

    ISBN 978-85-10-06774-4

    1. Adolescência 2. Amadurecimento 3. Ficção juvenil I. Oliveira, Mara. II. Título III. Série.

18-17504                                                        CDD-028.5

Índices para catálogo sistemático:
1. Ficção : Literatura juvenil        028.5
Maria Alice Ferreira - Bibliotecária - CRB-8/7964

1ª edição / 4ª impressão, 2023
Impresso na HRosa Gráfica e Editora

Rua Conselheiro Nébias, 887
São Paulo, SP – CEP 01203-001
Fone: +55 11 3226-0211
www.editoradobrasil.com.br

## SUMÁRIO

1. O PRIMEIRO BEIJO **7**
2. O PRIMEIRO PESADELO **22**
3. O PRIMEIRO FIM **33**
4. O PRIMEIRO GRITO **41**
5. O PRIMEIRO DESABAMENTO **54**
6. O PRIMEIRO IMPASSE **95**
7. O PRIMEIRO PEDIDO **106**
8. O PRIMEIRO MEGAFONE **116**

EU GOSTO DE PENSAR EM COISAS PEQUENAS POR SUA GRANDE IMPORTÂNCIA. TIRA DE SANDÁLIA, CAIXINHA DE BOTÕES, LIXA DE UNHA, APONTADOR

# 1
# O PRIMEIRO BEIJO

Eu gosto de pensar em coisas pequenas por sua grande importância. Tira de sandália, caixinha de botões, lixa de unha, apontador no estojo, pedaço de fita adesiva. Alguns objetos são tão irrelevantes quanto preciosos. Ficam esquecidos ali até o momento em que são requisitados pra salvar a gente de uma catástrofe. Com o amor também é assim. As coisas pequenas parecem sem importância, quando na verdade são tudo o que importa.

Não lembro bem qual o motivo, mas naquela manhã, enquanto eu lutava contra o sono no ônibus para ir à escola, lembrei de Ivan, meu primeiro beijo tímido. Foi ele quem pediu, depois de cantar uma música pra mim no transporte escolar. Eu me senti ridícula, mas também fiquei com pena dele com todo mundo dando risada. Ivan parecia não ligar para o que os outros diziam. Ele só olhava pra mim. Fixo nos meus olhos.

Ele me olhava e cantava aquela música antiga, que eu tinha escutado com os meus pais. Deixei ele me dar um beijo no rosto, já quase na porta da minha casa, eu morta de vergonha.

Ivan tentou me dar um presente naquele mesmo dia da música e do beijo. Era uma caixa de lenços bordados com florzinhas azuis. Ele me disse que era presente para o dia dos namorados. A gente não namorava nada, aquilo era invenção da cabeça dele. Os lenços tinham rendinhas e aquelas florzinhas miúdas em tom de azul desmaiado. Eram bem bonitinhos. Eu não aceitei o presente porque pensei que meu pai ficaria muito bravo comigo ao saber que aquilo era porque Ivan pensava em mim como namorada.

Contei pra minha mãe o que tinha acontecido, assim que cheguei em casa. Reforcei que Ivan imaginava coisas e que eu tinha morrido de vergonha com aquela música e por ter deixado ele me dar um beijo "no rosto, mãe". Claro que eu falei que a caixa de lenços era uma bobagem, mas que o menino ia ficar muito chateado e que eu não queria que ele pensasse mal de mim. Enquanto minha mãe escutava meu coração saindo pela boca, ela mexia numa caixinha de joias que ficava dentro do guarda-roupa dela, numa prateleira sobre os sapatos. Olhei para um par de brincos na mão de minha mãe e desejei ser ela, só para usar aqueles sapatos e aqueles brincos. Lembrei dos lenços bonitinhos bordados quando vi minha mãe tirar da prateleira um lenço branco, sem graça e sem flor. Ivan tinha me oferecido uma coisa que nem minha mãe tinha. E foi, então, que eu insisti:

– Mãe, você me deixa ficar com os lenços?

Minha mãe não sorriu, nem mostrou que achava aquilo normal. Mas deixou eu aceitar o presente.

* * *

Era abril, não chovia mais como no mês anterior e isso me ajudava muito. Eu já tinha idade pra ir sozinha pra escola. Usava o ônibus de rua, esperava no ponto junto com gente que ia trabalhar cedo. Eu me achava muito madura e dona de mim, pegando aquele ônibus no meio de gente adulta que vai cedo pro trabalho. O uniforme escolar mostrava pra todo mundo que eu não era tão independente quanto pensava. Sem contar que eu usava aquele corte de cabelo com franja pra não atrapalhar na leitura. Coisa da minha mãe, aquela franja.

Minha casa ficava na rua de cima da rua do ônibus. Eu tinha que andar até a esquina e descer até o ponto. Uma caminhada curta, uns 2 minutos. Por volta das 6 horas da manhã, com as janelas todas fechadas. Foi ali na esquina que eu vi um homem dentro de um carro se aproximar de mim, lentamente. Eu tinha idade para andar na rua sozinha, mas não tinha nenhum talento para suspeitar de um homem que vinha dirigindo um carro lentamente atrás de mim.

– Mocinha, você pode me dizer onde fica a Rua Oswald de Andrade? – ele me perguntou com voz tranquila.

Eu parei para responder e ele abriu a porta do carro. Usava uma camisa azul desmaiado. Estava sem calça. Olhava fixamente para mim e mexia entre as pernas.

Saí correndo pro ponto de ônibus com lágrimas nos olhos. Não tive coragem de voltar pra casa porque só pensei na escola. Também senti vergonha. Muita vergonha mesmo. Mais vergonha do que outra vez qualquer que eu já tivesse sentido vergonha.

No ponto de ônibus tinha uma mulher com uma bolsa grande. Ela até olhou pra mim e me viu com lágrimas nos olhos. Deve ter pensado que eu estava chorando por uma bobagem qualquer.

Naquela manhã, algo mudou dentro de mim. Eu senti vontade de ser adulta de verdade para poder gritar e não sentir vergonha.

Eu vi aquele homem mais uma ou duas vezes no meu bairro, rodando com seu carro e sorrindo para as crianças. Avisei minha irmã para que ela não falasse com estranhos, nem se eles fossem muito calmos e tranquilos, do tipo que não parece fazer mal a ninguém. Não contei pra ela o que tinha acontecido comigo. Também não contei pra minha mãe, e muito menos pro meu pai. Ele ficaria muito bravo comigo porque eu corri pro ponto de ônibus e nem voltei pra casa.

O que me importou naquele dia foi ter compreendido que eu não era ainda adulta o suficiente para gritar e não sentir vergonha. Embora eu não tenha ficado paralisada na rua com cara de boba enquanto via um homem metade vestido de azul desmaiado – com cara de quem não faz mal pra coisa nenhuma, nem pra gente – e metade pelado com aquele gesto nojento.

Todo mundo se conhecia na escola porque a gente estudava junto há muito tempo. Apesar disso, eu não era muito de ficar no meio de grandes turmas.

As minas da escola não eram amigas muito próximas de mim, com exceção da Vivi, que gostava de estudar como eu, mas que também falava umas coisas engraçadas e bem bobas, igual a mim. Eu não contei pra Vivi. Aquilo que tinha acontecido comigo era tão idiota que me fazia sentir raiva de ter que sair na rua de novo. Embora soubesse que eu não poderia deixar de ir pra escola, nem de usar o ônibus. E meus pais nem sonhassem com aquela cena.

Tentei me imaginar adulta. Alguém com pressa, alguém com ar preocupado, alguém que não se pode alcançar tão fácil.

Não sei por qual motivo eu lembrei de Ivan. Senti vontade de encontrar com ele, aquele menino que expôs o seu amor ridículo na frente de todos os outros meninos e meninas que viajavam conosco no transporte escolar. Senti inveja de Ivan, daquela coragem dele.

Lembrei das florzinhas no azul desmaiado. Chorei escondido no banheiro da escola.

Aquele banheiro das meninas ficava num corredor deserto. Era enorme aquele banheiro, cheio de portas que estavam sempre abertas. Tinha um espelho grande onde eu me vi chorando com meu nariz vermelho e meus olhos inchados.

"O que será que Ivan anda fazendo?", pensei.

Bateu em mim um sentimento de perda. A gente vai se perdendo das pessoas.

Vivi entrou no banheiro bem naquela hora. Ela me viu chorando e perguntou o que tinha acontecido. Eu inventei uma mentira. Era de "saudade de Ivan", foi o que disse para minha melhor amiga. E ela me olhou com cara de que estava ouvindo um baita absurdo porque eu nunca tinha falado nada de Ivan, nem de lenços, nem de um beijo que me custou morrer de vergonha.

Eu menti para minha mana, minha melhor amiga, pensando que ela não ia aguentar olhar pra mim depois que eu contasse a verdade.

Aquela cena do homem abrindo a porta do carro se repetia na minha cabeça como se fosse um monstro saindo debaixo da cama para me pegar.

Tive pesadelos nas noites seguintes. Tive muita vontade de não ir para o ponto de ônibus. Mudei até de caminho, andei mais, indo pro lado oposto.

No passar dos dias, fingi que aquilo não aconteceria mais. Eu também não sabia mais onde andava Ivan. E uma coisa não tinha nada a ver com a outra. Mas eu me sentia pensando como adulta, apressada em seguir em frente. Mas pra onde?

\* \* \*

No dia seguinte, eu me sentia sem ânimo pra nada. Olhei a capa do meu fichário com mais de cem pedaços de papel colados

em figuras recortadas e sobrepostas. Todo ano eu fazia uma nova colagem com recortes colhidos de revistas. Montava frases inteiras com letras diferentes. De repente, eu me vi desbotada, ao contrário daquela colagem que reluzia minha personalidade estampada. Minha mãe e meu pai concordavam ao dizer que eu era de "gênio forte". Eu gostava muito dessa coisa de gênio forte. Isso fazia com que pensasse no gênio da lâmpada, só que mulher. Uma mulher capaz de resolver tudo que quisesse num piscar de olhos ou estalar de dedos. Uma mulher que inventa soluções para os problemas.

De repente notei, no meio dos recortes, flores azuis. Será que Ivan se lembrava de nós dois?

Eu passava o ano todo colecionando recortes para o fichário do ano seguinte, guardava tudo numa caixa de papel. Gostava de encontrar delicadezas subversivas, verdadeiras relíquias pelas quais eu procurava em todos os lugares: um coração sangrando, uma caveira, uma boca de espanto, um arco-íris, gente de todo tipo. Meus pais não eram nem um pouco subversivos, acho até que eles eram meio caretas, mas foi com eles que aprendi a gostar de pensar na vida humana, ouvindo as músicas que eles ouviam, que falavam de liberdade e de amor.

No consultório da dentista, o revisteiro era uma tentação. Eu folheava, marcava com o dedo a página. Quando o paciente sentado do meu lado entrava no consultório, eu arrancava a folha e metia no bolso da calça *jeans*. Confesso que meu coração disparava. Eu era uma ladra ou uma subversiva? Não tinha muita noção do que seria ser subversiva num consultório dentário.

Eu tinha aquela mistura de cara de anjo com espírito transgressor. Assim eu me via.

Mantive certo fascínio pelas flores azuis, raras na forma natural, mas possíveis nas folhas de revista. Talvez a obsessão fosse meu pedido de desculpas ao descaso com que tratei os lenços bordados que ganhei do menino Ivan no trajeto da escola para casa. Aqueles lenços foram transferidos de gaveta a gaveta até caírem fora do meu armário.

Alguma coisa eu também guardei daquele azul desmaiado dos lenços. O mesmo azul que me fez chorar no banheiro. Os meus olhos eram azuis, mas eu não pretendia que fossem desmaiados.

Passei a mão sobre as flores do fichário. Tive vontade de começar de novo, arrancar todas as florzinhas azuis da minha vida para não fazer mais associações que me obrigassem a pensar naquela coisa triste que tinha me acontecido. Tive vontade de contar tudo para minha mãe, para o meu pai e para a minha irmã, que era mais nova do que eu.

Será que aquele homem me parou na rua para me sequestrar? Será que ele queria encostar o corpo dele em mim? Será que aquele homem queria tocar meu corpo? Será que ele poderia me matar? Será que isso tudo tinha acontecido porque eu era uma menina?

Por alguns segundos fiquei tonta. Em casa, rasguei a capa do fichário e comecei a fazer tudo de novo, com os recortes que eu colecionava pro ano seguinte. Depois me senti besta. Besta o suficiente para me arrepender.

\*\*\*

Foi por aqueles dias que conheci Fred. Conheci, não. Eu vi Fred pela primeira vez. Ele estava sentado no ônibus que eu pegava todos os dias para chegar à escola.

Fred era mais velho uns 4 anos, não tenho certeza. Mas dava pra ver que era mais velho porque ele carregava na mochila réguas enormes do curso técnico de desenho. Ele descia do ônibus perto da Escola Técnica. Eu seguia mais umas duas ou três paradas à frente. A timidez dele potencializou minha vontade de conhecê-lo.

Ele tinha a pele branca, os cabelos vermelhos e os lábios grossos e corados. Montes de sardas. Usava *jeans* e camiseta. E era mais velho do que eu.

Fred não era o tipo de rapaz que chamava a atenção das meninas. Não era alto, nem forte, não tinha olhos azuis, definitivamente não era bonito. Fred passava despercebido, menos pra mim que sempre gostei de coisinhas para reparar. As coisas pequenas, que podem não parecer importantes para a maioria das pessoas, eram preciosidades pra mim.

Daquele dia em diante, perdi o medo de sair de casa. Corria pro ponto para esperar chegar o ônibus que trazia Fred. E eu ia no caminho colecionando as sardas, o jeito do nariz meio arrebitado, as mechas vermelhas do cabelo. Ele percebia que eu olhava e disfarçava e voltava a olhar. Ele também me olhava e disfarçava e voltava a olhar.

Fred era o *boy* perfeito. Era necessário reparar nele com atenção. E eu era uma colecionadora de recortes, adorava reparar.

Um dia, ele saltou do ônibus e eu olhei pra trás. Ele estava parado na calçada olhando pra mim, enquanto saía o ônibus.

Todo dia o melhor horário seria o ônibus das seis horas da manhã.

Fred. Devia ser excelente aluno. Tinha cara de inteligente. Sentado sozinho. Sempre no banco do fundão. As réguas saindo da mochila, um livro nas mãos. Camiseta branca, *jeans* e sardas. As mechas de cabelo molhadas de banho. Ele tomava banho, e isso era um ótimo sinal.

O que não falei é que eu usava o uniforme do colégio de freiras. O colégio que todo mundo conhecia porque era o único colégio de freiras da nossa cidade. O emblema do colégio estampava a camiseta, e eu era obrigada a usar aquilo. Deus sabe o quanto eu achava brega aquele uniforme. E tudo que queria era que Fred pensasse que eu era adulta, madura, inteligente, segura, e que podia ir para a escola de *jeans*, mas quase nada disso era verdade.

Não fosse o emblema da escola, Fred não saberia nada de mim. Eu queria muito que ele soubesse alguma coisa de mim.

Foram meses naquela paquera silenciosa, terminada em olhares suspensos, ele na calçada e eu seguindo viagem.

Parei de ter pesadelos. Esqueci de sentir medo. À noite, eu pensava no ônibus na manhã do dia seguinte.

E lá estava ele. Fred no ônibus das seis.

* * *

Numa tarde, depois da escola, acompanhei minha amiga Mariana até a casa de uma amiga dela. Mariana era minha amiga desde sempre, éramos vizinhas e a gente já morava no bairro desde bebês. Mariana não deixava que nada de ruim me acontecesse, encarava brigas e discussões para me defender porque ela era grandona e corajosa. Eu era boa de argumentar, mas péssima quando a coisa esquentava para empurrões. Sempre fui panaca pra violência física. Nem de jogo com bola eu gostava.

Eu e Mariana vivíamos um amor secreto. A gente não namorava, não tinha isso. Mas também não era uma amizade comum, a gente tinha confiança e podia contar todos os segredos. Embora eu tenha demorado muito pra contar a ela aquilo do cara no carro. Quando eu contei, Mariana disse pra mim que, se tivesse próxima vez que um sujeito se aproximasse de mim, eu deveria era me preparar para gritar e dar um chute nele. Mariana não achou nojento eu contar aquela história nojenta. Ela me abraçou e ficou com raiva por eu ter sofrido daquela maneira.

– Mari, eu amo você, viu? – disse isso com os olhos cheios de lágrimas. Mariana respondeu com aquele jeito dela, meio seção, "pô, cê sabe que eu também".

Depois das tarefas do colégio e da casa, eu e Mariana ouvíamos música, saíamos de bicicleta. Muitas vezes, fazíamos coisas do tempo da gente criança, como dançar na garagem, empinar pipas e descer a ladeira com carrinhos de rolimã junto com os meninos mais encardidos da nossa rua. O pai da Mariana era italiano. Meu pai, português. Acho que é por isso que a gente se entendia muito bem. A gente cresceu ouvindo que nossos pais eram europeus e que "esse povo não toma banho". Mas meu pai tomava banho, e o pai da Mariana tinha uma marcenaria onde ele fazia até carrinho pra gente descer a ladeira. (Já banho, o Seu Paulo não gostava de tomar todo dia.)

Nem eu nem Mariana tínhamos medo dos meninos porque, como eu disse, todo mundo cresceu junto naquela praça do bairro. Éramos todos velhos conhecidos. Nós duas também não éramos modelos de perfeita delicadeza feminina. A gente usava *shorts* e ralava joelho tudo igual. *Boys* ou minas, tudo farinha do mesmo saco naquelas ruas do bairro.

Inclusive foi de *shorts* que fomos, eu e Mariana, de bicicleta naquele tal dia à casa da tal amiga dela, duas quadras pra baixo da nossa. Ali já parecia outro bairro. Eu não conhecia ninguém, mas Mariana sim. Um carinha surfista cumprimentou a gente. Depois que ele foi embora, Mariana me disse com voz mandona:

– Fica longe desse tipo aí, ele é um galinha e só quer "usar" as meninas.

Eu dei risada desse negócio de "usar". Usar era um verbo pra coisas e não pra gente.

– Sim, usar as meninas como se fossem coisas. Depois jogar fora que nem lixo – ela prosseguiu.

E lá estava Mariana cuidando de mim. Ela sabia que, de nós, eu era a mais chorona, a mais cheia de caraminholas.

Aliás, Mariana nunca ligou para a opinião das outras pessoas. E eu colecionava opiniões com uma mistura de vergonha e medo. Mariana sabia xingar. Eu queria parecer sempre boazinha. Contradição com meu excesso de opinião sobre tudo. Mas quem de nós não era um poço de contradições?

A amiga de Mariana era Cintia. Morena, cabelos cacheados e longos, assim como os cabelos de Mariana, com jeito alegre e descontraído. Ficamos logo amigas. Todas nós. Claro que eu e Mariana continuávamos "mais-do-que-amigas".

✦✦✦

Passei a ir na casa da Cintia mesmo sem Mariana. Eu descia de bicicleta ou a pé, a gente sentava na calçada na frente da casa dela e ficava trocando ideia até o fim da tarde.

Um dia vejo descer a rua, montado numa bicicleta azul, o menino do ônibus. Era Fred. Ele vinha sem mochila, sem as réguas, mas de camiseta branca. Usava *shorts*, assim como eu, e tinha muitas sardas nas pernas também.

Ficamos pálidos, eu e Fred. Aliás, ele passou direto, e Cintia berrou:

– Ei, Frederico! Não fala com sua prima?

– Seu primo, é? – eu perguntei.

Não deu tempo de responder, ele voltou. Disse que estava distraído. Ele estava mentindo descaradamente. Ficou até vermelho e fingiu não perceber que eu sabia que ele era ele e que eu era eu mesma.

Cintia me apresentou seu primo, Fred.

Ficamos ali parados com cara de quem viu um E.T., sem falar quase nada, por isso eu apressei meu retorno pra casa.

– Eu vou nessa porque já está escurecendo...

Pra minha surpresa, Fred disse que me acompanharia até minha casa.

– Ando com você, empurrando minha *bike* – ele insistiu.

Cintia achou bom. Deu uma risadinha que insinuava que Fred estava a fim de mim. Eu senti aquele frio na barriga que parece muito com o medo de fazer prova de matemática.

Na esquina, de onde não se via mais a casa de Cintia, perguntei pra ele se ele sabia quem eu era...

– Claro que eu sei, né...

Demos risada daquela cumplicidade. Decidimos ficar assim, sem que ninguém soubesse das nossas idas pra escola. Fred tinha humor. Fred tinha um cheiro bom.

Falei pra ele que eu iria sozinha daquele ponto da rua em diante porque não queria que me vissem e falassem que era namoro. Quando todo mundo do bairro se conhece, as notícias correm muito rápido.

Eu disse tchau, ele subiu na *bike* e se inclinou para me dar um beijo. Eu fiquei parada esperando o beijo no rosto, mas Fred me deu um beijo na boca! Depois, ele me pediu outro beijo. Eu só fiz que sim com a cabeça e senti os lábios dele entreabertos e a língua de Fred na minha boca. O gosto era doce. Eu não senti nenhum pingo de vergonha e sonhei a noite toda, esperando pelo ônibus, no dia seguinte.

Eu tinha ficado com Fred. Aquilo era inacreditável.

# 2
# O PRIMEIRO PESADELO

A música me ensinou muito sobre mim mesma. Quando eu tinha uma oito anos (lembro disso a rio), eu usava a escova de cabelos como microfone e o reflexo da televisão como um espelho para imitar Rita Lee. Dos discos de minha mãe, um dos meus favoritos sempre foi *Saúde* e, ouvindo-o, eu pensava as letras que bailavam na voz daquela mulher que parecia uma menina como eu, magra com seus cabelos coloridos. Rita era a típica mina de responsa.

Depois daquele episódio indo para o ponto de ônibus, passei a ter alguns pesadelos em que um homem desconhecido me perseguia por uma rua escura e deserta. No sonho, eu só corria e tentava me esconder, sentindo o medo crescer dentro da minha barriga até o ponto de me paralisar. Ele poderia me alcançar no sonho e fazer comigo o que quisesse. Lembro que algumas vezes eu estava descalça, correndo sobre escombros, pedaços de madeira, pregos, concreto, numa paisagem que me atrasava a fuga e me deixava cada vez mais vulnerável.

Pensei em contar para minha mãe algumas vezes. Mas eu ainda sentia muita vergonha. Ficava me perguntando se não era eu que tinha sido idiota o suficiente para deixar que aquilo tivesse acontecido comigo.

Meu pai nunca gostou que eu usasse roupas curtas, é verdade. Ele se justificava dizendo que uma menina não precisa se fazer notar pelos aspectos físicos. Minha mãe não reforçava, mas sempre me recomendava que eu focasse mais na inteligência do que na beleza do corpo, porque a segunda não se comparava em vantagens com relação à primeira. Depois do episódio com o homem me perturbando no trajeto para a escola, comecei a questionar qualquer sinal de sensualidade em mim. Os pesadelos que eu passei a ter acho que contribuíram pra isso.

O namoro com Fred complicou um pouco meus pensamentos também. Óbvio que eu teria que contar para meus pais que estávamos juntos. Óbvio que eu teria que contar que a gente já vinha se paquerando no ônibus nos últimos meses. Óbvio que eu estava petrificada por misturar minha postura sedutora com Fred e minha estranha experiência quando abordada pelo homem que me parara na rua, enquanto eu alcançava o ponto de ônibus para esperar a vinda de Fred...

Uma coisa não tinha nada a ver com a outra. Eu sabia. Ou queria saber. Mas era uma mistura esquisita de dores que eu sentia. E aquilo me doía até fisicamente.

Duas semanas depois do começo do namoro, ainda sem contar para os meus pais, e driblando as expectativas de Fred para que eu o fizesse, a turma da escola inventou uma festa na casa de Marcela. Claro que queria ir com Fred, mas ele não era da escola e eu tinha que justificar aquele convite para os meus pais. Foi aí que resolvi contar.

Saí com minha mãe para comprar um vestido pra mim. Entramos numa loja que tinha muita roupa colorida, claro que motivadas pelas ideias de minha mãe – que ainda via uma criança em mim. Por sorte, a vendedora apareceu com um vestido preto, lindo. Minha mãe torceu o nariz.

– Isto parece ser muito justo. Mesmo.

– Deixa eu ver como fica em mim, mãe.

– Veste, mas já vou adiantando que se ficar muito curto e muito justo, seu pai não vai gostar.

Entrei no provador e vesti. Era de mangas até o meio do braço, decote em v e descia pela minha cintura como se tivesse sido feito sob medida.

– Adorei!

A vendedora sorriu e concordou comigo. Tinha ficado perfeito.

– Não. Fora de cogitação. Experimenta outras peças.

Minha mãe não deu abertura para argumentos. E eu já a conhecia o suficiente para saber que não eram permitidas cenas em público. Por isso, aceitei vestir outras coisas e acabei escolhendo uma bermuda de bolsos deslocados e uma camisa rosa. Eu odiava rosa.

Saí da loja calada. Silenciada dentro de mim. Eu não conseguia encontrar uma única palavra que expressasse minha frustração. Por azar, eu tinha nascido menina.

\*\*\*

Quando cheguei em casa, larguei a sacola da loja em cima da mesa da cozinha e fui para o meu quarto.

Minha mãe subiu, em seguida, com a roupa que tínhamos comprado e um pedido de desculpas.

– A gente pode ir até a loja trocar.

– Não precisa. Eu gostei.

– Se você gostou, por que deixou largado o pacote em cima da mesa da cozinha?

– Sei lá, foi sem querer.

– Desculpa, acho que eu exagerei na preocupação com você, filha. É que a gente demora a perceber que os filhos crescem.

– Cresci tanto que já tenho que me virar sozinha, é bom que você saiba.

Não sei se foi o tom ou o tremor na voz, minha mãe percebeu que algo precisava sair de mim. E eu, também, não tinha mais como retroceder. Quando disse que já me virava sozinha, o gesto foi de raiva e as lágrimas brotaram nos meus olhos. Minha mãe se aproximou e me abraçou, primeiro sem dizer nada. Depois começou a dizer que ela era muito ausente da minha vida, que passava o tempo todo trabalhando, cuidando da minha irmã e coordenando as coisas em casa... o que de fato somava culpa para aquela nossa conversa.

Eu já tinha me sentido culpada por algo que não era responsabilidade minha. Aquilo de culpa pesava muito. Interrompi minha mãe para que ela parasse de se desculpar. Eu gostava da minha vida do jeito que era. Gostava que meus pais confiassem em mim e me dessem autonomia.

Muitas amigas e amigos meus eram completamente dependentes dos pais. Tinham que ter carona para o colégio, precisavam pedir autorização para qualquer programação, mesmo que fosse um trabalho de escola.

Meus pais acreditavam em mim, sabiam que eu era plenamente capaz de cuidar da minha vida escolar, eu tinha responsabilidade e compromisso com tudo que eu fazia. Isso não quer dizer que eu era a filhinha perfeita que nunca faz nada de "errado". Certo ou errado, meus pais percebiam que eu tinha compromisso com minha própria vida e que assumia as consequências.

– Mãe, eu preciso te contar algumas coisas.

– Filha, o que houve de tão grave?

Contei tudo. Bonito e feio.

As idas para o ponto de ônibus, a espera de ver Fred com suas réguas triangulares saindo da mochila, as sardas, o meu uniforme ridículo, a vergonha de olhar para ele querendo que ele olhasse para mim de volta. A vergonha. A imensa vergonha que eu guardava em mim depois daquele episódio de terror em que fui abordada por um homem desconhecido que mexia em seu corpo nu olhando minha expressão de terror. Minha falta de reação. O medo que se misturou a um tipo de culpa que me atormentava enquanto eu pensava se poderia ter evitado aquele incidente.

Contei para minha mãe que passei a ter pesadelos em que eu fugia de um homem desconhecido. Algumas vezes eu estava descalça, nos sonhos, caminhando sobre pedaços de madeira, pregos, concreto, ferro, coisas que poderiam me machucar.

Falei pra minha mãe que, no dia em que aconteceu a abordagem pelo assediador, eu fiquei muito triste na escola e acabei mentindo para minha amiga Vivi, inventando uma história qualquer, com medo dela sentir nojo de mim, porque eu mesma achava aquilo tudo muito nojento.

Chorei muito enquanto contava. Minha mãe, também.

– Sinto muito, filha... Sinto muito... Eu não queria que você tivesse passado por isso. Se eu tivesse levado você pra escola, mas eu deixei você por conta...

Eu balancei a cabeça dizendo que não. Pedi pra minha mãe esquecer qualquer sentimento de culpa com relação ao que tinha acontecido comigo. Eu não queria ser uma vítima. Eu queria aprender a viver no mundo real, a me defender das violências que eu poderia sofrer.

Ficamos as duas abraçadas até voltar a calma. Depois, foi a vez de a minha mãe falar.

– Você tem razão, filha. Não devemos nos sentir culpadas por ser mulher. Você está crescendo, ainda, e eu lamento que já tenha sido atingida por uma experiência desse tipo. Doente ou não, o culpado pela agressão foi aquele homem que parou você para se exibir sem constrangimento.

– Eu fiquei com muito medo de que ele corresse atrás de mim.

– Eu sei, por isso vieram esses pesadelos.

– Sim. E eu estava de uniforme, mãe, não estava arrumada, nem usava uma roupa insinuante, entende?

– Claro que eu entendo. Você tem toda razão, querida. Sabe, você vai namorar pessoas bacanas. Um dia, você vai descobrir o sexo de uma maneira bonita, você vai ver. Mas, pra isso, é importante não cultivar culpa, medo. Principalmente pelos erros de outras pessoas, filha. Hoje, eu errei feio com esse negócio do vestido. Não serei mais desatenta a esse ponto. Não foi sua roupa ou sua atitude que fez esse episódio de assédio acontecer com você. Foi machismo, pode até ter sido uma doença desse cara, sei lá, mas a culpa não foi sua e você nunca pode se sentir mal por isso.

– Eu sinto medo, ainda.

– Que raiva eu sinto desse homem, filha.

Minha mãe começou a chorar muito, de novo. Eu coloquei a cabeça dela no meu colo.

– Tá tudo bem, mãe. Eu vou ficar bem. Estou me sentindo muito melhor por ter essa conversa. Tirei um peso de dentro de mim. Um peso enorme. Não quero esconder coisas de você. Preciso de você, mãezinha, da sua amizade.

– Você sempre terá, filha. Sempre.

\*\*\*

No dia seguinte, fomos à loja para trocar aquela camisa rosa pelo vestido preto. A vendedora foi uma fofa. Disse pra minha mãe que ela estava de parabéns por tudo, inclusive porque eu não tinha dado chilique na loja, como costumava acontecer.

Saímos da loja abraçadas e amigas. Sim, eu e minha mãe estávamos começando uma nova relação, que era muito diferente da que tínhamos até então. Ela me olhava, agora, como alguém que já conhecia o mundo real.

Meu pai não gostou muito do vestido, é fato. Minha mãe e ele conversaram sobre tudo o que tinha se passado comigo e meu pai não deixou de manifestar sua indignação com o acontecido e seu carinho por mim. Nessa mistura de assuntos, a notícia do namoro com Fred foi leve, embora meu pai demonstrasse estar emocionado.

Eu e meu pai ficamos muito tempo conversando sobre o namoro. Ele insistia em reforçar que eu não tinha nem 15 anos, que achava muito cedo para namorar. Eu procurei ouvir antes de falar qualquer coisa. Minha mãe deixou fluir o papo entre nós, sem interferir de primeira, ou vir a discordar do meu pai de maneira que ele se sentisse mal com isso. Mas, no meio da conversa, minha mãe deixou claro que, viesse namoro ou término de namoro, o importante era estarmos sempre juntos, falando sobre tudo que nos importava, sem alimentar segredos, sem sentir necessidade de mentir ou esconder alguma coisa.

Meu pai concordou. Eu concordei. Até a piveta da minha irmã disse que era "muito ruim ter que mentir para sobreviver nesse mundo caótico" – e todos nós achamos bizarro uma menina de apenas sete anos falar um troço daqueles.

– Minha filhinha cresceu. Como foi isso, hein?

– Foi rápido, pai. Às vezes também dói em mim, paizinho. Juro.

– Mais fácil ser uma menina pequena que anda de cavalinho nas minhas costas, né, filhota?

– Acho que sim. Lembra quando você me deu a maior bronca porque me pegou passando batom da mamãe?

– Era um batom vermelho. E você tinha uns seis aninhos. Eu queria que você fosse criança, não aquelas mulherzinhas miniaturas enfeitadas com esmalte e batom. Tudo tem sua hora.

– Hoje eu entendo, pai.

– Além do mais, você não tinha passado batom só na boca. Era a cara inteira pintada de vermelho.

Rimos, todos. Minha irmã quis saber os detalhes sobre minha cara de palhaça e sobre o batom estragado que eu escondi embaixo da cama dos meus pais, antes de tentar fugir para o banheiro para tirar a pintura magnífica que eu tinha feito no rosto.

– Uns seis anos?

– Sim – disse minha mãe –, na mesma época, você quebrou os saltos de dois pares de sapatos meus que eu adorava. Quase morri.

– Você queria usar tudo que era da sua mãe. Aquilo me dava arrepios, porque eu pensava que você queria fazer tudo cedo, antes do tempo – meu pai sempre expressava uma mistura de preocupação e ciúme, parecia.

– Acho que eu só queria ser do circo, pai, só isso. Andar sobre saltos era a mesma coisa que me equilibrar em pernas de pau. O batom também era uma brincadeira de pintar. Que criança não gosta de fantasia?

Minha mãe concordou comigo. Afinal de contas, a mesma menina que calçava os sapatos de salto da mãe e passava batom, corria na rua atrás de bola, empinava pipas e descia a ladeira no carrinho de rolimã.

Meus pais notavam que eu tinha amadurecido muito. Parte disso se devia ao fato de eles confiarem em mim. Aquele susto horrível também tinha feito eu refletir sobre um monte de coisas. Vários sentimentos conflituosos me visitaram por causa daquilo. O medo e a culpa me forçaram a tomar uma decisão: eu não queria me sentir paralisada. No mais, nos dias seguintes ao episódio, em que caminhei sozinha até o ponto de ônibus para fazer a viagem até a escola, me alimentei com as trocas de olhares com Fred e com a espera de um dia nos falarmos. Aos poucos, eu venci algumas barreiras. Sozinha.

A conversa franca com meus pais fez com que eu percebesse que nenhuma pessoa que sofre violência tem que ser condenada a lidar com o problema sozinha. O apoio fazia muita diferença, ajudava a afastar fantasmas, fazia com que me sentisse mais forte para vencer situações difíceis.

Meu namoro com Fred foi aceito de boa. Ele iria à festa comigo, conheceria a turma da escola e se apresentaria como meu namorado. O que era bem estranho.

\*\*\*

Os meus pesadelos não deixaram de acontecer, mas foram se tornando menos frequentes.

Depois das conversas com meus pais, resolvi contar para as minhas amigas mais próximas o que tinha acontecido comigo. Eu estava decidida a fazer alguma coisa contra o assédio que havia sofrido, mesmo que eu não soubesse ainda o quê.

Deixar as coisas ruins escondidas, segredos doloridos guardados, só piorava a vida da gente. Era como acumular lixo debaixo do tapete, ou comida estragada na geladeira. Aquilo não se dissolvia sozinho e só piorava...

Eu estava convicta da importância de dialogar sobre as tristezas, os medos, as culpas. A vida não era feita só de alegrias, afinal. E outras pessoas também poderiam ter histórias para compartilhar...

Ah, e já que estou contando tudo, é bom deixar o registro: o vestido preto foi um arraso na festa.

# 3
# O PRIMEIRO FIM

Tive assunto para os dias seguintes com Vivi, na escola, e Mariana, no bairro. Vivi nunca tinha beijado, quanto mais de língua. E eu ficava descrevendo pra ela como se eu estivesse dando aula de biologia. Vivi se sentia um pouco confusa, dava pra ver. Também me perguntou várias vezes se eu não sentia nojo de um menino botar a língua na minha boca.

– Sabe que eu não pensei nisso? Mas eu também coloco a língua, então deve estar tudo certo.

Mariana ficou um pouco enciumada. Namorar significava passar mais tempo com Fred do que com carrinhos de rolimã e pipas e dança de garagem. Mas, depois dos sinais de cisma, Mari foi mais prática, mandou eu beijar o vidro da sala pra mostrar como tinha sido o tal beijo com Fred. Gargalhamos sem fim, e terminamos beijando as duas o vidro, como se aquilo fosse gente. Depois fomos limpar pra tirar as babas da janela, antes que a mãe de Mariana aparecesse na sala e desandasse a falar. A mãe de Mari sempre falava e reclamava muito.

Fred era mais velho, e eu precisava parecer – no mínimo – com cara de quem já tá no último ano do ensino fundamental. Minha cara continuava sendo de moleca.

Namorado ideal, Fred era um amigo incrível. A gente andava de bicicleta pelo bairro. A gente conversava. A gente pegava o mesmo ônibus pra escola. Sabíamos tudo um do outro. Menos aquelas coisas que a gente sentia receio de contar.

Na calçada do bairro, o namoro incluía os amigos da praça. Mariana, Ana Lúcia, Nuno, Ricardo, Rogério, Luciana, Juninho, Andreia.

O ano escolar já tinha acabado, eu iria para o ensino médio no próximo ano com a experiência do primeiro namoro.

As férias seguiam com coisas inventadas pela turma toda. Fazíamos um piquenique todas as tardes no morrão, um terreno baldio que ficava no alto do quarteirão, depois das últimas casas.

Foi durante uma daquelas tardes, quando todo mundo já tinha ido embora, que convidei Ana Lúcia pra jantar conosco, e nós duas ficamos num papo em frente à minha casa até tarde. Contei pra Analu que eu estava feliz, mas não queria mais namorar o Fred.

– E eu sei que ele é o namorado perfeito, o que me enche de dúvidas...

Ana Lúcia era muito divertida, fazia piada de tudo e dava uma risada pra todo mundo ouvir. Mas naquele minuto que ela me ouviu confessar que eu não queria mais o namoro, seu rosto se contraiu.

– Eu gosto do Fred – ela me disse.

Fiquei nervosa ao ouvir aquilo. Não nervosa porque Analu gostava do meu namorado e eu estava ouvindo a declaração de amor que ela fazia. Fiquei nervosa porque eu não gostava dele como ela gostava, o que poderia estar machucando os sentimentos da minha amiga.

Aquela estranha coincidência me deixou em silêncio por algum tempo. Tanta gente pra eu conversar sobre o fim do meu primeiro namoro com o menino do meu primeiro beijo, e eu fui falar logo pra minha amiga que gostava do mesmo cara.

...

Quando eu conversei com Ana Lúcia, pedi segredo. Eu gostava muito do Fred, não queria que ele se sentisse desprezado e se magoasse comigo. Eu só não queria mais namorar ele.

Ana Lúcia me ouviu e devolveu com o mesmo pedido de segredo. Ela me disse que era apaixonada por ele muito antes de saber que estávamos namorando.

– Hã? Como assim? – minha cara de espanto assustou Ana Lúcia. Ela pensou que tinha me irritado, até pediu desculpas.

Mas era espanto mesmo, daquele tipo que a gente toma conhecimento de uma coisa que nunca passaria pela nossa cabeça.

– Quando eu soube que vocês eram namorados, desencanei e senti vergonha por gostar do namorado da minha amiga – e ela nem terminou de dizer e eu também pedi desculpas.

Depois de algum silêncio constrangedor, consegui me expressar.

– Poxa, Ana Lúcia, foi mal se eu te magoei ficando com o menino que você é apaixonada.

– Não magoou nada, como é que você ia saber?

– Isso é, eu nem sonhava, aliás, eu tô de cara.

– Desculpa, eu só falei porque você disse que quer terminar e...

– Não precisa se desculpar. Eu não estou sentindo ciúmes, eu só fiquei surpresa.

– É que eu gosto muito de você, somos *bff*, não somos?

– Somos, Analu! Amigas para sempre, as melhores.

– Mas eu não vou roubar namorado de amiga, viu? Eu só gosto dele. Só isso.

– Não se sinta mal, amiga. Juro que eu entendo você e admiro muito sua sinceridade comigo.

Depois de um abraço, eu lancei uma ideia louca para Analu. E a gente riu muito. A ideia era absurdamente brilhante. Cochichei no ouvido da Ana Lúcia com detalhes...

– Você é doida mesmo.

Éramos boas amigas, eu e Ana Lúcia. Contamos tudo pra Mariana, mas ela já foi me dando uma cutucada, dizendo que eu só gosto da novidade mesmo e que já tinha me cansado do ruivinho. Eu até fiquei chateada, mas Ana Lúcia retrucou que Mariana tinha ciúme de mim. Isso era verdade. Mariana era bem ciumentinha. E tinha aquela coisa de o namoro ter tirado o tempo que a gente ficava só entre a gente mesmo.

\*\*\*

No dia seguinte, Fred apareceu pra namorar comigo, eu não sabia ao certo como, mas falei:

– Fred, sabe a Ana Lúcia? Ela é louca por você, acredita? Ela está apaixonada por você desde o primeiro ano de escola.

Ele deu risada. Perguntou se eu estava com ciúme. Eu não era ciumenta com nada, nem com ninguém, por isso achei natural dizer que não tinha ciúme. Fred ficou decepcionado, dava para ver no rosto dele.

– Eu sinto ciúme de você, menina.

Quase desisti de terminar o namoro depois de ouvir Fred falando aquilo, mas eu já tinha decidido e até me comprometido a acabar com o sofrimento de Analu.

– Fred, acho que a minha amiga gosta mais de você como namorado do que eu.

Fred ficou sério. Disse que não gostava daquela brincadeira. Perguntou se eu queria terminar. Eu tentei dizer que sim de um jeito que ele não ficasse aborrecido. Tentei explicar que a gente era muito amigo e que a nossa amizade era mais importante do que tudo. Ele nem me ouviu. Subiu na *bike*. Eu disse para ele ficar mais um pouco, que era melhor conversar. Ele disse que não dava para ficar mais. Eu disse pra ele pensar em namorar a Ana Lúcia. Ele disse que nunca mais falaria comigo.

Após o desastre, Fred saiu muito rápido, sem olhar pra trás.

Depois daqueles três meses namorando o Fred, eu tinha quase me esquecido que as aulas já estavam prestes a começar.

Até o retorno da rotina com a escola, passamos vários dias sem nos ver, eu e Fred. Não tinha necessidade de apanhar o ônibus, mas nem na rua a gente se via.

As aulas começariam na manhã do dia seguinte, tinha corrido um tempo sem que tivesse notícia de Fred e de Analu. Achei que eu tinha melecado tudo. Arrasei com o namorado e enlouqueci com a amiga. Pensei, até, em como eu fui besta de querer terminar o namoro empurrando meu namorado pra minha amiga.

Domingo à noite, Ana Lúcia chegou na minha casa dizendo que tinha uma coisa importante pra me contar, e daí eu soube – Fred tinha pedido Ana Lúcia em namoro.

Fiquei pasma. Sem graça. Eu gostava de Ana Lúcia pra caramba. Eu terminei o namoro dizendo pro cara que minha amiga era apaixonada por ele. Mas, naquele instante, junto com os lenços bordados que sumiram da gaveta, Fred partiu pra sempre. Aquilo se parecia muito com o ciúme que eu achava que não sentia por ninguém.

Pra Ana Lúcia, eu disse que estava contente.

Continuei com cara de contente quando vi os dois juntos na rua. Ana Lúcia estava linda com os braços ao redor do pescoço dele. O azul brilhante da bicicleta dele combinava com a camiseta dela.

Eu continuei amiga dos dois. Com o tempo, virei uma espécie de madrinha de namoro. Entendi que meu ciúme era por vaidade. Sem querer, fiquei me comparando com Analu e imaginando se Fred gostava mais de uma do que da outra. Desliguei disso rápido, eu e Analu tínhamos uma amizade especial, bem-humorada e honesta. E um namorado em comum. O que era normal. Claro que era normal.

Confesso que, quando eu vi o primeiro beijo apaixonado dos dois, eu corri pra cozinha de casa à procura de um doce que não tinha – e comi pão com manteiga com uma colher de sopa de açúcar.

Açúcar ajuda a passar a tristeza. Manteiga é só pra grudar no pão. Se tivesse chocolate é claro que eu seria uma pessoa mais feliz.

No seguir da vida, a casa de Mariana continuava servindo de refúgio para as duas doidas que beijavam vidro e se divertiam com os velhos discos naquela vitrola.

– Somos tão *vintage*, amiga.

– Somos duas velhotas, isso sim.

Dança na garagem. Carrinho de rolimã. Longas conversas. Mari e eu. Tínhamos voltado ao ponto inicial da história. Era só a gente, de novo.

# 4
# O PRIMEIRO GRITO

Terminou mais um ano. Eu finalmente fui para o ensino médio. Junto com a glória, uma novidade que mudaria minha vida definitivamente: meus pais compraram outra casa. Sairíamos do bairro, eu e minha família. A casa ficou pequena pra gente porque minha mãe teria mais um bebê, outra menina. Eu estava contente de ter mais uma irmã. Já a mudança de casa, eu não sabia o que pensar. Eu morava no bairro desde os meus primeiros anos de vida, tinha crescido com aquele pessoal todo. Por outro lado, mudar de casa representava uma libertação para ser uma nova pessoa (parece esquisitice dito assim, mas rola uma vontade de começar tudo de novo sem que ninguém conheça histórias da gente).

Minha irmã do meio não ficou chateada com a mudança de bairro, mas ela estava muito estranha com a gravidez da mamãe. Ela ainda era pequena e todos nós paparicávamos ela como um bebê. Mas agora que viria um bebê de verdade pra casa, as coisas tinham ficado difíceis pra maninha. Eu estava me esforçando em dar atenção a ela. Talvez, por isso, meus sentimentos de perda foram se diluindo.

A casa nova era bem legal. A garagem era imensa e a casa ficava em cima, junto com uma varanda que tinha redes estendidas.

O novo bairro era distante do bairro antigo. Uma rodovia separava a minha infância da vida nova, o auge da minha adolescência. Auge. Sei lá, eu estava apostando nas novas descobertas, novas amizades, novo tudo. Eu não sabia que não veria mais aqueles meus velhos amigos. Principalmente Mariana, que era grudada comigo desde os primeiros anos de nossa vida.

Acontece que, com a mudança de bairro, eu também mudei para o ensino médio e comecei a levar uma rotina de estudos mais intensa do que antes.

No entanto, botei na cabeça que eu teria tantos amigos quanto antes. É claro que isso não era simples.

O bairro velho guardava uma história que jamais se repetiria na minha vida. Foi lá que eu aprendi a andar de bicicleta, ralei os joelhos diversas vezes. O bairro velho guardou minhas primeiras grandes amigas e meu primeiro namoro.

Andei pensativa nos primeiros dias de bairro novo. Olhava tudo com uma leve desconfiança. Não havia nenhuma praça por perto para as pessoas se reunirem. Somente a rua e algumas casas sem crianças, sem jovens.

Naqueles primeiros dias em que saí da casa nova com a mesma rotina de sempre – levantar cedo pra me arrumar e sair pro ponto de ônibus – enfrentei um novo episódio de ódio e terror. Minha infelicidade. Fui parada na esquina por um homem dirigindo um carro dourado. Ele me distraiu com uma pergunta muito específica. Eu, boba, nem me lembrei de homens em carros com abordagens estranhas.

– Bom dia, por favor, eu estou perdido no bairro. Será que você me explica como eu faço pra pegar a rodovia?

Não só me coloquei à disposição para responder como me aproximei. Falei que estava fácil, era ali perto. E comecei a explicar com gestos – direita e esquerda.

Quando eu olhei pra dentro do carro, aquele homem estava com as calças abertas. Ele gemia, se contorcia e olhava para minha cara de terror e indignação. Ele quase conseguiu segurar a minha mão.

Eu não era mais aquela menina que saiu chorando pro ponto de ônibus. Eu não senti vergonha. Senti repulsa, nojo, raiva. Gritei.

Gritei por socorro, fiz um escândalo. Chamei de tarado. Pedi ajuda. Gritei que ele era nojento. Soltei palavrões. O cara não se mexeu. Parecia que ele estava gostando do meu estado alterado naquela rua ainda vazia.

Não foi proposital, eu tive uma reação sem pensar. A chave de casa continuava na minha mão. Não era uma chave qualquer, era uma chave tetra, daquelas robustas, gigantes. Finquei a chave e risquei a porta do carro até alcançar a ponta do capô dourado. O Sol já tinha saído. Era verão.

Subi o resto da rua pro ponto de ônibus ainda falando sozinha, num tom alto e alterado. Um homem desceu a rua à procura do abusador, do carro dourado. Uma mulher me abraçou e tentou me acalmar. Eu tremia de raiva. Mas não senti vergonha como da primeira vez que tinha me acontecido aquilo.

Outro homem que estava no ponto de ônibus soltou uma risada.

– Tá rindo de quê? – disse a mulher, enquanto me abraçava. – Acha bonito um homem abusar de criança, é? Se fosse tua filha era bom, era?

Os braços da mulher me protegiam. Ela tinha coragem o suficiente para me defender mesmo sem saber quem eu era. E dizer aquilo tudo ali, no meio do povo do ponto de ônibus, a tornava minha heroína.

– Fique calma, minha filha, visse? Esse cabra safado vai ter o que merece mais dia, menos dia.

– Será?

Mesmo chateada com o que tinha acabado de acontecer comigo, pela segunda vez vítima de um abuso, fui me acalmando e agradecendo a intenção daquela senhora em me oferecer conforto.

O homem que tinha corrido atrás do carro dourado voltou para o ponto dizendo que, se ele visse um carro daquele riscado por chave, saberia direitinho o que fazer.

A solidariedade daqueles desconhecidos com o que acabara de ocorrer comigo juntou em mim um sentimento de amparo, de cuidado. Eram pessoas adultas, trabalhadores que estavam saindo de casa logo cedo. Não eram estudantes como eu. Mesmo assim, parecia que eu já tinha feito novos amigos na vizinhança. Amigos que pareciam se importar em defender uns aos outros.

Entrei no ônibus e fui para o colégio em profundo silêncio. Minha cabeça não parava de pensar. Por alguns momentos fiquei imaginando aquele homem levando uma baita surra no bairro, sendo chutado e espancado por todos. Eu me senti mal por nutrir em mim um sentimento de vingança, mas, ao mesmo tempo, não podia evitar aquele pensamento. Eu não senti vergonha em ser agredida, como aconteceu na primeira vez. Mas veio a confusão por estar desejando o mal de alguém, o que era totalmente conflituoso com tudo que meus pais tinham me ensinado a vida toda.

Pensei no risco na lataria do carro. Será que aquele homem voltaria a me procurar movido pelo mesmo desejo de vingança que me tomava?

\*\*\*

Diferente da primeira vez que aconteceu uma situação de agressão sexual comigo, contei para os meus pais o que havia acontecido logo que nos reunimos em casa. Minha mãe estava grávida e eu não queria que ela ficasse nervosa. No entanto, tínhamos feito um trato de não esconder nada, e eu não iria mentir numa hora daquelas.

Depois do jantar, meu pai se ofereceu para me levar pra escola de manhã. Eu pedi que ele se tranquilizasse e confiasse em mim. Já tinha desenvolvido força para me defender, e eu não podia viver insegura escondida atrás do pai e da mãe. Mesmo assim, meu pai me acompanhou alguns dias até o ponto de ônibus ou até a esquina.

Passado algum tempo, fiquei sabendo que o "tarado do carro dourado" fez outras vítimas no bairro. Uma das pessoas molestadas foi Eduardo, um garoto que morava na mesma rua que eu, na casa de esquina. Em frente à casa dele, tinha jardim em triângulo, com um pequeno muro onde uma turminha se sentava e ficava conversando.

Eduardo era bem magro, usava cabelos longos e tinha uma franjona que cobria seu rosto. Tinha a mesma idade que eu, 15 anos, mas parecia mais novo. Gostava de usar umas calças largas caídas no quadril e camiseta preta.

Roberta estudava na mesma escola que eu. Ela tinha me apresentado para algumas pessoas, inclusive pro Edu.

Não ficamos melhores amigos, Edu e eu. A gente tinha acabado de se conhecer e não rolava muita afinidade. Edu era da turma do *skate*, curtia um som que eu nunca tinha ouvido falar e nem me interessava. Eu era uma velha, como meus amigos diziam. Curtia as músicas que os meus pais curtiam. Gostava de ler e ia superbem nas notas.

Mesmo recém-chegada ao lugar, quando eu soube que Eduardo tinha passado pelo mesmo constrangimento que eu, fui falar com ele. Minha intenção era tentar dar apoio, por isso resolvi contar o que tinha acontecido comigo. Queria ser solidária, só isso.

Eduardo explodiu de raiva.

– Nada a ver, você é mulher. Normal, né?

– Como assim, Edu? Somos vítimas do mesmo tipo de abuso.

– Vítima, nada! Você é mulher e isso acontece com mulher, não com homem.

– Você poderia ter feito o quê?

– Eu só não dei porrada no cara...

Antes que ele seguisse, eu interrompi:

– Porque você é um menino. O cara é um homem, dentro de um carro.

– Cala a boca!

– Edu, olha o que você está falando. Até parece que homem não sente medo. Homem não pode ser vítima de algo perigoso, também?

– Eu não sou vítima, véio. Eu não tenho medo do cara.

– Claro que é vítima, Eduardo. Claro que sentiu medo. Sentir medo numa situação dessas é normal. A gente sente medo, sente até vergonha.

– Você não precisa ter vergonha porque é mulher.

Aquilo tinha passado dos limites e eu não ficaria ouvindo absurdos sobre ser mulher e ter que suportar violência, medo e vergonha.

– Para de falar que eu tenho que aguentar porque sou mulher. Ser mulher não me faz idiota, nem burra, nem vítima, nem coisa nenhuma. O que acontece com sua cabeça, hein?

– Seus amigos ficam te chamando de viadinho? Os caras ficam me chamando de viadinho porque o tarado correu atrás de mim. Você acha bom, é?

Olhei para alguns meninos que vinham descendo a rua em nossa direção. Aquela briga já tinha ido longe demais. Eduardo não estava nem um pouco disposto a me ouvir. Mesmo assim, tentei acalmar a voz e mostrar que me importava com o que ele estava sentindo.

– E se você fosse "viadinho", Eduardo? Ser *gay* mudaria alguma coisa? Ninguém tem que passar por isso. Se seus amigos estão zoando você, eles são idiotas. Aliás, eles não são nem seus amigos. São otários mesmo.

Depois disso, eu abracei Eduardo. Sem que ele me abraçasse de volta. Ao contrário. Ele ficou tenso. Afastou meu corpo me empurrando com força pelos braços. Em seguida, levantou da mureta onde estávamos sentados. Gritou comigo. Saiu pela rua me xingando de louca e de outras coisas que é melhor esquecer. Em voz alta, é claro, para os amigos idiotas ouvirem.

Os meninos passaram por mim rindo da minha cara.

Eduardo tinha conseguido sair do lugar de vítima pro lugar de agressor em menos de um segundo.

Ele estava sendo tão horroroso quanto o homem que nos agrediu. Talvez estivesse tão magoado que não havia meio de reagir de melhor maneira. Mas, na verdade, por pior que fosse o constrangimento de Eduardo, a reação que ele teve comigo só aconteceu daquela forma por eu ser mulher. Sim, Eduardo tinha expressado bem um comportamento da maioria. Naquele instante, eu percebi o padrão. Foi como se uma placa luminosa se acendesse dentro da minha cabeça...

A violência contra a mulher era vista como "normal".

A discussão com Eduardo mostrou que ele pensava que ser mulher me tornava responsável por ser vítima de qualquer tipo de violência que eu pudesse sofrer durante toda a minha vida, fosse verbal, física ou psicológica.

Qual seria a solução pra isso?

\*\*\*

Fiquei mal com o que Eduardo falou, "pelo menos você é mulher". Ficava pensando que a frase dele continha coisas muito piores, como eu ser a vítima natural de um tarado que curte me assediar olhando para minha cara de espanto, de nojo, de medo. Como se eu, na minha condição de sexo feminino, tivesse que aguentar me sentir apavorada, como algo normal.

A briga com Eduardo me alertou para algo monstruoso, que eu iria combater com toda minha força: ser mulher não iria me transformar em vítima consentida. "Mostre o que quiser pra mim, eu sou mulher e tenho que aguentar essa humilhação", era esse o *slogan* daquela campanha?

Voltei pra casa triste. Passaria alguns dias assim.

Pior ainda, os garotos da rua, quando ouviram Eduardo gritando contra mim e me ofendendo com o velho jargão – louca –, também não fizeram nada. Riram, ainda. Riram da minha cara. Eles me viram abaixar a cabeça, sem graça, mas deram risada. Eles me viram ir pra casa sozinha, chateada, mas se aproveitaram da cena com mais uma agressão.

Estava instituído para alguns que eu, por ser mulher, podia aguentar tarado me perseguindo, moleque me xingando, idiotas rindo da minha cara.

Por que ser humilhada pelo gênero? Por que virar um objeto sexual que pode ser cobiçado ou ofendido com a mesma facilidade?

Minha tristeza doeu fundo. Eu precisava falar com alguém.

Minha mãe era uma mulher que trabalhava desde cedo, tomava conta de seu dinheiro, dirigia sozinha dentro e fora do estado, dizia o que queria fazer da própria vida.

Quando cheguei em casa arrasada com a discussão que tinha rolado na rua, minha mãe perdeu a paciência.

– Você tinha que procurar, né? Por que não ficou na sua ao invés de se misturar com esses tipos da rua que você nem conhece, hein? Eles são seus amigos, por acaso?

Era óbvio que minha mãe não estava num dia bom. Eu não tive reação nenhuma a não ser pedir desculpas.

Não disse mais nada.

Subi pro meu quarto, coloquei a *playlist* pra tocar Caetano. Com os fones de ouvido, olhos fechados, comecei a cantarolar baixinho.

As lágrimas rolavam silenciosas.

Minha mãe já tinha me dito outras vezes que eu era trágica. Chorar em silêncio, sem dar um "ai", era uma prova de como eu gostava de ser teatral, segundo ela.

Talvez fosse mesmo isso. Tragédia.

A coragem que eu tinha tido de gritar e reagir contra o segundo homem que me assediou de dentro de um carro era um risco frágil e quase apagado dentro de mim.

Não bastava um dia de força para ser forte. Aquilo parecia muito cansativo. Para sempre, muito cansativo. Mesmo dentro da minha família, eu tinha algumas resistências para enfrentar. Uma vez por um vestido colado, outra vez porque fui dar minha opinião na rua...

Eu me senti naquele pesadelo, caminhando sobre escombros, pisando em pregos, sendo ofendida por quem nem sabia quem eu era.

Será que era isso ser mulher neste mundo?

Liguei pra Roberta para contar sobre minha conversa com Eduardo.

– Ele não vai ser mais meu amigo – disse Roberta.

– Não precisa tomar minhas dores, amiga.

– Precisa, sim. O cara foi um idiota!

– Ele tá magoado porque os caras ficam chamando ele de "viadinho", disse pra mim que era por isso que o tarado tinha colado nele.

— E se ele fosse *gay*, qual o problema?

— Eu disse isso pra ele, Roberta.

— Meu irmão é *gay*. Ele merece ser agredido por isso?

— Claro que não, amiga. Olha, eu nem sabia que seu irmão é *gay*.

— É. Você não sabia, não?

— Não.

— Isso tem diferença pra você?

— Por que teria?

— Não é pra ter diferença nenhuma, mas já desfiz amizades por causa disso. Detesto gente preconceituosa.

— E eu detesto preconceito e machistinha, também.

— Eu também. Eduardo vai ouvir um monte de mim, pode crer.

— Roberta... Deixa pra lá, não vale a pena.

— Nem fala nada, conheço o Edu desde pequeno e ele vai me ouvir, ô se vai.

— Já que você vai conversar com ele, pergunta o motivo dele ter me xingado.

— Ele xingou você? De quê?

— Adivinha...

— Putz! Eu não acredito.

— Sabe o que eu não aguento mais, Rô? Perceber que as pessoas não dão a mínima, xingam, ofendem, agridem, violentam as mulheres. Tudo isso acontece porque somos mulheres.

— Mas aconteceu com Eduardo, também, não aconteceu?

— Sim, o que você está querendo dizer com isso, Roberta?

— Tô dizendo que machismo atinge homens também, amiga. Eu sei bem, tenho acompanhado um monte de tretas do meu irmão que não são nada fáceis.

— Eu quero saber mais.

— Acho que a gente tem que conversar e pensar coisas juntas, fazer um grupo, sei lá.

— Acho ótimo.

— Aquele papo de a união faz a força, a gente bota em prática.

— Sim!

— Tá se sentindo melhor, agora?

— Tô. Tô mesmo. Obrigada, Roberta. Você foi ótima.

— Vou fazer melhor, ainda falta o papo com Eduardo.

Terminamos a ligação combinando de irmos juntas para a escola todos os dias. Nossa intenção era criar uma espécie de proteção para nós duas ali no bairro. Isso me deu conforto emocional. Também deixou Roberta feliz. Estávamos vivendo a amizade em sentido pleno, cuidando uma da outra.

De toda forma, terminei aquele dia pensando que é melhor ter uma boa amiga que se importa com a gente do que viver com uma turma que nos humilha com xingamentos, como vivia Eduardo.

# 5
# O PRIMEIRO DESABAMENTO

Eu conhecia Ludmila há mil anos. Ela estudava no mesmo colégio que eu desde pequena, pré da Tia Maria. No primeiro ano caímos na mesma classe e seguimos o ensino fundamental juntas. Depois do sexto ano, alguns anos ficamos em salas diferentes, mas não importava, os intervalos eram da mesma turma, toda misturada.

Ludmila era bonita e sabia que era. Ela não andava, não, ela desfilava e olhava para as pessoas com seu charme fatal. Tinha sempre um jeito de ajeitar os cabelos com as mãos, amarrava lenços e turbantes que a deixavam deslumbrante. Fora que a mãe dela era dona de uma galeria de arte, vendia quadros de artistas importantes, curtia tudo que era descolado e até deixava a filha usar *piercing* na orelha e no nariz.

Os pais da Lud viajavam muito para o exterior a trabalho, já conheciam um monte de lugares e ela já tinha visitado alguns deles também. Ludmila era filha única, recheada de presentes. Pra completar, era uma menina criada pela avó enquanto os pais estavam fora. Isso garantia uma dose extra de menina mimada.

Éramos diferentes na forma de pensar e agir. Isso tinha relação com nossas famílias e a educação. Ludmila morava num baita casarão, passava a semana inteira indo de um canto pra outro com a avó, para aulas de inglês, *ballet*, natação, francês e até fotografia. A vida dela parecia um sonho ou uma capa de revista. Eu tinha que limpar a casa junto com minha família aos sábados, saía do colégio pra casa de ônibus e não dava para fazer cursos extras porque meus pais estavam pagando prestações da nova casa.

Enquanto Ludmila tinha facilidade para planejar férias, compras e festinhas na sua casa, eu ajudava a olhar minha irmã nos finais de semana quando meus pais tinham trabalho extra.

A segurança para falar com as pessoas era uma característica da Lud. Eu dispensaria a fala agressiva que ela usava de vez em quando pra defender um ponto de vista, porque eu, ao contrário, tinha uma tendência para excesso de paciência e passividade. Mas o curioso é que, com tantos pontos desiguais, nossa amizade fluía superbem, a gente se entendia e se curtia um monte.

Agora seria melhor. Finalmente estávamos no primeiro ano do ensino médio. A coisa estava para mudar na nossa vidinha. Não éramos mais as pivetinhas do colégio, pelo contrário. Tínhamos entrado pra turma dos veteranos, os mais velhos da escola. Embora ainda tivéssemos que usar aquele uniforme horroroso.

No mais, as mudanças tinham acontecido por dentro e por fora. Eu me sentia um corpo ocupando o espaço com algum destaque. Cresceu quadril, engrossaram as minhas perninhas finas – aquelas que me rendiam apelidos e brincadeirinhas que me incomodavam o suficiente para eu evitar *shorts* nas reuniões de família, quando apareciam aqueles tios e tias sem noção.

Alcançar o colégio, pós-namoro com Fred e mudança de casa, motivou uma decisão importante pra mim. Cortei os cabelos, curtos e com lateral raspada. Eu não tinha mais vontade de me esconder no cabelão. Eu já me sentia bem comigo mesma o suficiente para falar o que pensava e não ter medo de ser julgada por ninguém.

Estava tudo indo bem. Acontece que, junto com o primeiro ano do ensino médio, os cabelos curtos, minha capacidade de me expressar, um novo aluno se matriculou no colégio.

Beto. O carinha novo da escola. Vinha de outro estado. Falava com um sotaque cantado. Sua pele era cor de cobre, seus olhos puxadinhos entregavam traços indígenas. Usava umas pulseiras de couro, outras de búzios. Seus cabelos eram tão compridos como os meus antes da máquina. Estava sempre segurando um livro bacana. E, para completar o melhor dos mundos, Beto estava fora da curva, completamente distante do tipo comum: ele tocava violão e cantava as minhas canções favoritas de Caetano – o que pra mim já bastava para fazer dele alguém impressionantemente especial e muito gato.

Claro que Beto não despertou somente o meu interesse. Outras pessoas comentavam sua chegada no colégio. Marcelo foi o primeiro que me disse que ia investir. Eu brinquei com Má, torcendo para que Beto fosse hétero. Roberta não viu nenhuma graça, até me disse que Beto era magrelo demais e que nada se comparava à equipe esportiva formada pelo time dos brutamontes.

Era de se esperar que Ludmila ficasse a fim de conquistar Beto. Para garotos, eu e Ludmila éramos idênticas. Exatamente o mesmo gosto. Que azar o meu.

Num primeiro momento eu não percebi que estávamos na mesma onda, Lud e eu. Acho que eu estava me esforçando para evitar que alguém percebesse o tanto que eu olhava para Beto. Algumas vezes, tive a impressão que Beto disfarçava e olhava para mim. Teve até uma vez que ele veio falar do meu cabelo:

– Louco seu corte de cabelo.

Eu agradeci mais rápido do que deveria. Pareceu que eu não dei a mínima pro carinha. Na verdade, minha resposta foi um impulso nervoso. Tímido.

Durante as trocas de olhares com Beto, evidente que eu nem lembrei de ninguém além de nós dois. Mesmo que esse alguém fosse minha amiga de mil anos, Ludmila, que era absurdamente ciumenta.

Lud morava ali perto da escola e tinha uma facilidade imensa para agitar a turma toda. A casa dela tinha um jardim maravilhoso com piscina, um quiosque que mais parecia um restaurante, caixas de som nas colunas. Era uma balada perfeita. Aquela combinação explosiva de piscina, comida, música e possível pegação para alguns fez com que o pessoal do médio aderisse à festa rapidinho.

Era verão, nem preciso dizer que os preparativos da semana incluíram debates sobre vestidinhos e biquínis deslumbrantes! "Além do Beto sem camisa", dizia Marcelo no meu ouvido.

Eu? Vesti a velha combinação de camiseta branca, *shorts jeans* e meu inseparável par de All Star azul que combinavam com uma canção deliciosa.

Cheguei cedo na casa de Lud. Ela tinha me pedido ajuda com os preparativos, mas a mãe dela já tinha organizado tudo e Ludmila estava se arrumando – o que demoraria mais de uma hora, com certeza.

Estendi a toalha no jardim. Sentei ali na grama, debaixo da sombra de uma árvore. Coloquei os fones de ouvido, comecei as primeiras páginas de um livro que eu tinha acabado de comprar das mãos de uma poeta do *slam*.

O sol estava fervendo. Eu sabia que ia passar o dia procurando sombras para esconder minha nenhuma resistência ao sol forte.

Não percebi a campainha da casa. Quando dei por mim, Beto estava na minha frente. Uma mão segurando violão, a outra com um copo transparente, cheio de gelo, coca e limão.

– Quer?

– Violão ou coca?

– Companhia.

– Pode ser, claro.

– Pode ser? Não parece convidativo, hein?

Lembro que pensei o quanto era encantadora a combinação de vocabulário com o humor de Beto.

– Desculpa, eu me expressei mal. Quero sua companhia, claro.

– Relaxa, eu só tô brincando com você.

Ele sentou ao meu lado, por cima da minha toalha colorida. Beto e eu, ambos vestindo a tradicional camiseta branca e All Star azul.

– Gosta da canção de Nando Reis? – ele perguntou.

– Qual delas?

– "Estranho é gostar tanto do seu All Star azul".

– Gosto, muito mesmo. Você sabe tocar no violão?

– Você canta?

Respondi que poderia tentar cantar. Desatamos a lembrar todo repertório de canções favoritas nossas. Passamos por Chico, Tom, Caetano, e eu surpreendi com uma lista de mulheres compositoras desde Chiquinha Gonzaga.

– Você é incrível.

– Eu?

– Quer beber comigo?

– Tem aquilo de beber no mesmo copo e saber o segredo.

– Eu não tenho muitos segredos, não. Sou do tipo que fala o que sente e o que pensa.

Percebi que Beto estava me encarando de um jeito estranho. No entanto, a nossa conversa seguiu leve, ríamos e nos divertíamos com coisas tolas com a mesma intensidade que celebrávamos um descobrimento de pontos em comum.

– Eu sou uma velha pra música, Beto, e você idem.

– Tipo cantores do rádio?

– Minha bisavó, acredita? Ela cantou no rádio. O pai dela era um italiano ultramoderno. Levou minha bisa para cantar numa rádio e a outra irmã dela para fazer teatro.

– Que massa! E depois?

– Depois, ele morreu cedo demais. Deixou as filhas com uma mãe superconservadora que fez questão que todas parassem de estudar para se concentrarem em casar e formar família.

– Putz... Ao menos foram felizes?

– Nada. Todas se casaram com homens machistas e agressivos. Mas isso é um papo muito denso pra hoje...

– Você pode me contar outro dia, se quiser. Eu curto histórias de família.

– Mais essa em comum.

– Sim, e outra com rádio! Meu pai tem um programa de rádio, lá na nossa cidade. Toca só música brasileira. Que tal?

– Nossa! Ele deve conhecer muita coisa bacana.

– E ele já entrevistou gente legal na rádio. Você ia pirar.

– Não me fala que seu pai entrevistou...

– Caetano, sim.

– Beto, sou mais fã do Caetano do que os filhos dele.

Ele soltou uma risada com meu exagero. Eu tomei um gole de coca. Ele, naquele mesmo copo, um gole em seguida, mastigando gelo.

Beto ficou me olhando com olhos mareados. Parecia um barco vagando pelo mar sem fim. Parecia um náufrago, aquele olhar para um horizonte perdido, vasculhando as ondas à procura de uma ilha.

– Diz pra mim uma música de Caê que você gosta de cantar.
– "Muito".
– Entendi. Você é do tipo de pessoa que se interessa em quantidade e intensidade.

Fiquei vermelha. Mais do que o Sol que me torrava na sombra. Parecia que eu e Beto estávamos nos descobrindo nas letras de músicas que diziam coisas sobre nós.

– E você, qual música?
– Hoje eu seria bem clichê e diria "você é linda, mais que demais". Mas isso seria uma espécie de cantada "miojo", três minutos de duração, né?

Começamos a rir, de novo. Os trocadilhos musicais em ironias com as piadas prontas deixavam à mostra que, tanto eu quanto Beto, tínhamos bom humor e alto astral.

Beto era solto. Tocou a canção que eu sugeri. Pediu que eu cantasse pra ele. Depois soltou o violão de lado e me pediu:

– Posso passar a mão no seu cabelo?
– Ué, pode... Mas por quê?
– Essa parte da sua cabeça raspada dá vontade de passar a mão, sentir sua cabeça... O que tem dentro dessa cabeça?

Ele passou a mão no meu cabelo, acariciou meu rosto. Eu fechei os olhos, quase encostei no ombro dele. Uns segundos depois e aquele olhar de barco perdido no oceano não vinha só de Beto, porque era o meu olhar pra ele também.

A letra da canção fez com que a gente se identificasse, se reconhecesse. Daí, a gente se beijou. Nem foi ele quem beijou, nem eu. Fomos os dois. Misturados da cabeça aos pés, do céu ao azul do All Star.

Não foi um beijo escandaloso. Não foi um beijo roubado, como aquele que Fred me deu na esquina de casa enquanto segurava sua bicicleta e eu via suas sardas – ainda que de olhos fechados. Foi um beijo com a vontade de beijar que vinha de nós dois. Ficamos bem juntos, sincronizados naquele momento exato. Felizes por estarmos vivos, ali, naquele lugar (que nem sabíamos mais onde era).

O beijo não deve ter durado muito tempo, mas foi o suficiente para criar um clima péssimo com Ludmila. Quando eu abri os meus olhos, abraçada ao Beto, vi a pior espécie de cara brava que Ludmila poderia mostrar.

*** 

Ludmila me encarava com raiva. Com Beto, ao contrário, fez a melhor anfitriã, tratou-o bem, convidou-o pra conhecer a casa, buscou coisas pra ele comer, até pediu que ele tocasse violão (e agora eu já sabia, Lud curtia um som completamente diferente das preferências de Beto e das minhas).

Ela me ignorava.

Beto manteve a conversa simpática. Percebeu algo esquisito, e penso que ele tentou evitar confusão agindo naturalmente, como se Ludmila não estivesse me tratando como uma perfeita idiota.

No meio disso, outras pessoas chegaram pra festa. O que foi ótimo. Cada um que chegava distraía a atenção ou a tensão de Ludmila sobre mim e Beto. Tivemos tempo suficiente para outro beijo rápido.

Beto foi chamando a turma pra gente cantar. Outras pessoas vieram com instrumentos, Tuco com violão, Zizi com pandeiro e Teresa arrasou tocando cavaquinho. O bom é que conseguimos reunir um pessoal que caprichava na escolha de repertório. Engraçado era ver que alguns passavam por nós com cara de "que som é esse?", ou falavam, "nossa, é minha mãe que escuta isso aí". Mas todo mundo ficava pra cantar, dançar e aumentar a batida. Um *mix* de sons maneiros de hoje e ontem.

Beto e eu estávamos numa atmosfera de encantamento. Virava e mexia, a gente se olhava e escapava algum gesto de carinho maior do que simples amizade. Eu até pensei em sair de perto, tentei me levantar umas duas vezes, mas ele pedia pra eu ficar. E eu ficava.

Ludmila passeava entre um grupo e outro. A casa era dela, afinal. Era nossa anfitriã. Tinha até um gatinho do terceiro ano que todo mundo sabia que era super a fim dela.

Sei lá o que rolou, o que eu disse ou deixei de dizer, mas teve uma hora que Beto se inclinou e veio dizer no meu ouvido, "quero outro beijo seu". Eu fiquei mole, dei a maior bandeira que estava na dele. Respondi com um "depois isso vai acontecer", dei uma risadinha meio sem graça e tentei disfarçar. Todo mundo sacou que estava rolando alguma coisa entre mim e Beto. Mas só Ludmila tinha visto o beijo, assim como viu ele cochichando no meu ouvido...

Ludmila cismou que estávamos falando dela, que eu tinha olhado pra ela, que estava rindo da cara dela. Foi um vacilo.

Aquilo pegou mal o suficiente pra Ludmila sair correndo, parecia estar até chorando. Eu nem pensei no que seria melhor fazer naquela hora; levantei e fui atrás da minha amiga. Tentei conversar, perguntar, argumentar. Cada coisa que eu tentava, pior ficava. Ludmila entendeu tudo errado, disse que eu sabia que ela estava apaixonada pelo Beto e que mesmo assim eu o tinha beijado. Pior do que isso, ela estava convencida que eu tinha falado mal dela pro Beto. Achei exagero Lud falar em paixão; ele tinha acabado de chegar na nossa escola. No mais, eu podia ter vacilado de ter beijado o Beto na casa dela, mas por que eu falaria mal da minha amiga pra ele?

– Nada a ver, Lud... – juro que tentei desfazer o mal-entendido, aquela coisa toda que desandou pra uma discussão sem o menor sentido. Ludmila tomada de ódio, de ciúme, de inveja. Eu com cara de boba.

– Era pra ele ter ficado comigo, comigo e não com você, sua ridícula – meu sangue nem ferveu, eu vi na expressão dela que tinha uma decepção comigo e com Beto.

– Olha, eu não tenho motivos pra isso, mas peço desculpas se você ficou mal por causa de um beijo – deve ter sido por causa da minha resposta que Ludmila perdeu a noção.

– Não tem motivos, é? Sua falsa! – Ludmila gritou e deu um tapa na minha cara.

Um tapa, minha amiga estalou um tapa na minha cara depois de me chamar de falsa. Eu, falsa? A gente se conhecia desde a infância e eu nunca tinha deixado Lud na mão.

Quando olhei pra trás, tinha uma roda de gente achando o máximo aquela briga. Com exceção do Beto, que largou o violão e veio correndo na nossa direção.

– Por que isso, Ludmila? – eu perguntei.

Não reagi ao tapa com outro tapa. Não estava em mim agredir alguém. Isso eu já sabia desde os tempos do meu outro bairro, onde Mariana, minha melhor amiga, me defendia na rua de qualquer tipo de treta que me envolvessem. Senti saudades de Mariana. Ela teria feito alguma coisa pra aliviar a minha. Fiquei dolorida por mim, naquela situação. Ao mesmo tempo, fiquei desconcertada com a decepção de Ludmila. Se ela tinha chegado àquele ponto era porque estava gostando muito do Beto.

Mistura de tapa, lágrima, briga por causa de um carinha que a gente nem sabia quem era direito, alguém que tinha acabado de chegar de um lugar desconhecido, de quem não sabíamos nada, aquilo tudo me deixou doente.

Só pensei em ir embora.

Depois de apanhar sem reagir, saí andando em direção ao gramado pra pegar minhas coisas e voltar pra casa. A festa tinha acabado pra mim. Vi que Beto também agitou ir embora.

Um murmurar de fofocas aumentava o constrangimento e servia de "comidinha" para o bicho que consumia a amizade que tínhamos, eu e Ludmila.

Meu estômago estava contraído. Eu sentia raiva.

Antes que eu pegasse minha bolsa, Ludmila me cutucou pelas costas chamando meu nome. Eu me virei e tomei um copo de suco cabelo abaixo.

Ela riu alto. Alto. Eu? Não sei o que me deu. Perdi completamente a cabeça. Agarrei nos cabelos dela até ficarmos grudadas, rosto no rosto. Olhei para os olhos dela com o meu estômago enfurecido. Eu estava pegando fogo. Saltavam faíscas, até.

– Olha, Ludmila, olha meu tamanho e olha o seu, Ludmila. Eu poderia encher você de tapa, eu poderia dar uma surra em você, garota. Mas, quer saber, você não vai apanhar de mim. Você está sendo ridícula. Fica ridícula sozinha, então.

Soltei dos cabelos dela com um empurrão.

A agressividade tinha acontecido em mim. E eu não consegui controlar o impulso.

A rodinha da fofoca aplaudiu. Alguém veio com uma toalha pra secar meus cabelos.

Os olhos de Lud estalaram lágrimas. Eu saí andando com passo tranquilo. Já tinha rolado tapa, gritaria e copo despejado por cima de mim, puxão de cabelo e lição de moral.

Ludmila e eu já tínhamos chegado ao fundo do poço. Uma guerra estúpida.

Beto apareceu com uma camiseta extra pra mim. Eu fui me trocar no banheiro e, quando voltei, Ludmila só me mandou ir embora da casa dela.

Claro que eu ia embora, mas parecia que Ludmila estava disposta a levar tudo às últimas consequências.

Fui pro ponto de ônibus com Beto e Teresa. Teresa não falou nada, só passou a mão pelas minhas costas, segurou minha mão por uns segundos e disse:

– Não liga pra isso. Ludmila vai pensar no que aconteceu e vocês terão uma conversa...

Beto parecia indignado. Quis manifestar seu apoio e terminou se referindo à Ludmila como "aquela louca", o que me fez lembrar de outro episódio que eu gostaria de esquecer. Lembrei de Eduardo, lá na minha rua, gritando comigo alguns nomes que não me pertenciam. Olhei para o Beto e vi a cara do Eduardo e dos amigos do Eduardo. Aquela mesma frase já tinha sido usada contra mim.

Será que todo homem tinha autorização para xingar as mulheres de loucas?

– Beto, vê se me erra. Esquece que eu existo! Ela é minha amiga bem antes de você chegar aqui. Eu não devia ter ficado com você, só isso.

A cor vermelha que tomava meu rosto não era do dia de sol, vinha da raiva. Beto paralisou no meio da rua. Eu e Teresa continuamos descendo para o ponto de ônibus.

Independente da idiotice de Ludmila, não valia a pena brigar com minhas amigas por carinha nenhum. Eu já tinha experimentado namorar e sabia que do jeito que começava também terminava... Nem que fosse o maior gato do planeta e que conhecesse todo o repertório da minha *playlist*, feito o Beto. Não valia a pena perder minhas amigas. Além do mais, trocar tapas com alguém estava completamente fora dos meus planos, embora Ludmila tenha me deixado com muita vontade de revidar. Muita mesmo.

\*\*\*

Voltei no ônibus, calada. Sentei do lado de Teresa. Ela colocou os fones de ouvido. Eu, idem. Teresa não gostava de fofocas. Nós duas estávamos protegidas pelo silêncio, de mãos dadas. Coloquei no modo aleatório e, é claro que pra minha surpresa, começou a tocar aquela canção dos tênis que eu e Beto usávamos e que nos identificava tão bem.

Fechei os olhos. Respirei fundo, pensei que eu até tinha sido madura por não revidar ao tapa. Mas aquele puxão de cabelo foi um baita vexame. Tudo bem que eu também era de carne e osso, não tinha em mim só ternura, e paciência é um troço que tem limites.

Uma lágrima correu dos meus olhos enquanto eu pensava no que tinha acontecido. Senti a mão de Teresa apertando a minha mão.

Teresa também era aluna nova na escola. Eu não a conhecia, mas já gostava dela.

No final das contas, milhares de pensamentos passaram pela minha cabeça. Nem todos eram ruins. Cheguei a achar divertido ter passado um dia tão inusitado e, por fim, patético. Patético era uma palavra possível no meu vocabulário, e no do Beto. Pensei em "Outras palavras", aquela canção do Caetano que começava afastando a cica de palavra triste da nossa boca. Eu tinha aprendido muito pequena o que era a cica, quando minha madrinha dizia para eu não comer caqui verde. E eu, teimosa, comia. Cica amarrava a boca que nem tristeza. Não era bom, não. Acho que até dei risada. Comentei com Teresa que aquela história seria ótima para eu contar para os meus filhos e netos. Se eu tivesse filhos e netos.

– Eu não vou ter filhos e netos. Vou ter cães e gatos, só isso.

– Gatos, cães e namorados, Teresa? Você já namorou alguém?

– Não. Nem pretendo. Só cães e gatos, mesmo. Menos problemas.

– Mais gasto com ração.

– OK, eu sei que terei que comprar muita ração e ter algum trabalho com os biscoitinhos que os bichos vão soltar pelo quintal.

Comecei a rir com Teresa. Era engraçado a gente ali falando asneiras só para aliviar a dor do que tinha acontecido.

Pensei em voltar ao assunto e perguntar pra Teresa se eu tinha agido mal com Ludmila. Achei melhor deixar passar.

Por outro lado, o retorno pra casa com Teresa me fazia bem por dois motivos: eu tinha ganhado uma nova amiga e ela morava perto da minha casa.

– Eu moro naquele prédio ali, apartamento 101.

Teresa me deu um beijo no rosto e desceu. Acenou da calçada e gritou:

– Fica bem!

Eu ficaria. Ia demorar um pouco, mas tudo ficaria bem. Esperava que sim.

\*\*\*

Fazia algum tempo que eu não via e nem falava com Mariana. Mandei uma mensagem. Vi que Mariana estava *on-line*. Ela visualizou a mensagem, mas demorou pra responder. Depois ficou um tempão digitando uma mensagem que parecia enorme... Acho que Mariana desistiu de enviar. Quando veio a resposta, era só uma linha.

– Estou estudando.

Tentei contar o que tinha acontecido, mas Mariana não parecia estar interessada. Disse que estava ocupada, que tinha coisas da escola para resolver e que falaríamos depois.

Sugeri que ela viesse à minha casa no dia seguinte, domingo. Mariana recusou o convite. A mensagem seguinte foi uma bomba.

– Você mudou do bairro, a gente não estuda no mesmo lugar, estamos longe uma da outra, agora é viver outra fase.

Eu não fiquei chateada com a mensagem de Mariana. Eu chorei, fiquei triste pra caramba. Desde que me conhecia por gente, eu era amiga da Mari. Nós duas éramos como irmãs.

Mariana não tinha irmãs da idade dela, só as irmãs adultas, filhas do primeiro casamento da mãe dela.

Na minha cabeça, a amizade que eu e Mariana tínhamos era pra sempre.

Nem respondi à mensagem dela. Encerrei ali o meu dia. Tinha sido um dia ruim até o fim.

Fui me deitar cedo. Não contei para os meus pais o que tinha acontecido porque eu não tinha energia pra mais nada. Minha mãe percebeu que eu não estava bem, algo tinha acontecido na festa.

– Eu e Ludmila, acho que não seremos mais amigas, mãe.

Minha mãe disse que eu poderia conversar com ela. Eu pedi que fosse outra hora. Não estava me sentindo bem.

– Posso te contar uma história? – minha mãe conhecia várias histórias.

Ela se sentou na minha cama, eu deitei sobre as pernas dela.

Minha mãe começou a história de um reino muito distante, com um rei que estava se sentindo muito oprimido com tantas decisões difíceis que ele deveria tomar todos os dias. O rei teria oferecido recompensa por um objeto que contivesse uma mensagem de elevada sabedoria, que fosse capaz de lhe dar paz nos momentos mais complicados. A filha do rei foi quem trouxe para o pai um anel, depois de muitos dias à procura de uma joia perfeita. O anel era de um metal inferior, comprado de um mercador que vendia só bobagens e algumas lamparinas, castiçais, coisas assim.

– A lâmpada do Aladim, ele também vendia?

– Provável, mas em outra história.

– E depois?

– O comerciante garantiu à princesa que gravaria no anel uma frase de tão elevada sabedoria que ela seria capaz de transformar a alegria em tristeza, e a tristeza em alegria.

– Nossa, mãe, o que era que tinha escrito no anel?

– Calma... Quando o rei recebeu o presente da filha, ele parecia muito feliz. Entretanto, depois de ler a mensagem gravada no anel, o rosto real se modificou. O rei ficou triste. Em seguida, o rei abraçou a filha e agradeceu pelo presente.

– Mãe, o que estava escrito no anel? Diga, por favor.

– "Isto também passará."

Abracei minha mãe com força e agradeci. Ela me deu um beijo e me disse que era melhor descansar. Era a terceira pessoa que me dava um beijo naquele dia. O primeiro tinha sido do Beto. Depois, no caminho de casa, foi Teresa. Por fim, eu estava no colo da minha mãe, protegida de tudo.

Agradeci pela história e disse pra minha mãe que seria mais uma relíquia na minha pasta de textos datilografados.

Eu colecionava as histórias de que gostava. Datilografava tudo em pequenos papéis que eu guardava numa pasta. A máquina de datilografar tinha sido da minha mãe.

Pra mim, a máquina de datilografar era tão preciosa quanto as histórias que eu colecionava, que ficavam ainda mais bonitas quando passavam por ela. O formato das letras e aquele barulhinho das teclas. Sem contar a moderna impressão, imediata no papel.

Eu tinha uma tendência ao passado. Máquina de escrever, discos de vinil, fichários com colagens, flores azuis, histórias e canções de outras gerações.

Aquela história do anel era algo que eu jamais me esqueceria. Porque eu não ia querer esquecer.

Pra que eu gostasse ainda mais das histórias, minha mãe incluía feiticeiras, conselheiras, astronautas. E as princesas sempre se apresentavam em posições desafiadoras, pensando e decifrando enigmas. Segundo ela, se a história tradicionalmente era contada só com personagens homens atravessando aventuras que mereciam ser lembradas, cabia a nós, mulheres, transgredir esse costume.

Eu concordava cada vez mais com minha mãe. Era preciso colocar as mulheres para viver a história, não só para sofrer chorando e esperando por príncipes.

No entanto, apesar da história que minha mãe trouxe para rechear minha datilografia de memórias, meu dia tinha sido de amiga perdida...

Adormeci lembrando tudo que eu tinha vivido ao lado de Mari, o apoio que ela sempre me deu, por vezes me defendeu de brigas; tínhamos aquela mania de dublar Rita Lee e Elvis Presley. Lembrei do passado. Tinha passado. Eu queria que fosse presente. Preferia que no passado ficasse a cena com Ludmila...

A vida se transformava e nos transformava, mesmo que a gente não quisesse.

Eu já sentia saudade de Mariana. Um sentimento que ficava guardado num lugar secreto dentro de mim. Eu nunca me esqueceria de nós. Era minha história, escrita no dia a dia que vivemos, eu e Mariana. A minha infância todinha era a infância dela; aprendemos a andar de bicicleta, de carrinho de rolimã, de patins. Mentira, eu nunca consegui mais do que duas tentativas nos patins – já Mariana era ótima.

Senti até vontade de empinar pipa. Ou de ser uma pipa, voando no céu e esquecendo de tudo que me deixava triste. A cica.

"Isto também passará."

Perder uma amizade era triste. A saudade parecia triste, embora fosse uma alegria que fizesse a gente sentir falta de alguém.

Pensei no Beto, no beijo. Eu estava me sentindo cansada por sentir tanto.

\*\*\*

Acordei ainda pensando na história do anel. Datilografei para não esquecer de me lembrar. O dia anterior tinha passado com tudo que tinha acontecido, bom ou ruim, não havia mais nada que eu pudesse fazer a respeito disso.

Mas, se dias felizes passavam, as coisas ruins tinham o mesmo destino.

Na minha vidinha, eu já tinha sentido até pavor. E tinha passado. O pavor que senti quando fui abordada pela primeira vez, lá no meu bairro antigo, por um homem desconhecido.

Um assediador tinha ficado para trás. Ele não poderia me fazer qualquer outro mal. A raiva que passei, quando me aconteceu o mesmo tipo de coisa, pela segunda vez, no bairro novo, também tinha passado. Um assediador riscado com fúria. Minha coragem havia despertado e eu não a deixaria para trás nunca mais.

Os xingamentos de Eduardo, a turminha da rua rindo de mim, já não importava. Aquilo não definia quem eu era. A cena de agressão com Ludmila e o fim de nossa amizade também seria passageiro. Mesmo que não voltássemos a ficar bem.

Eu me sentia mais forte.

Até comecei a ter ideias sobre minhas histórias colecionadas e as outras que eu poderia escrever com a minha própria história. Não tinha intenção de viver só pra **mim**. Eu queria conversar, saber se outras pessoas também tinham passado por coisas semelhantes às que eu passei.

Talvez minhas histórias pudessem conversar com outras histórias.

Naquele final de semana eu fiquei pensando até ter dor de cabeça.

"Isto também passará" era uma tatuagem imaginária na minha mente.

A única coisa que não passou: o beijo do Beto. Mas eu tinha dito as piores palavras pra ele, dizendo que deveria se afastar de mim.

Não sei se o que eu tinha dito pro Beto passaria tão fácil.

...

No domingo acordei com a foto que algum cretino postou na rede social. Ludmila transtornada e eu saindo de costas com o cabelo ensopado de suco.

Milhares de risadinhas e *likes*. Eu não conseguia compreender como as pessoas podiam se divertir com a discussão infeliz de duas amigas. Claro que eu me sentia mal por estar exposta, assim como me sentia mal por ter vivido uma situação daquelas. Parecia que eu e Ludmila éramos duas ignorantes brigando por causa de um carinha. Isso era mentira, até porque eu sabia o que havia se passado comigo. Eu não tinha planejado me aproximar do Beto, nem imaginava que a gente iria se beijar.

Óbvio que tive vontade de escrever duas páginas. Comecei até uma resposta. Depois, apaguei. Desisti de me manifestar ali. Respirei fundo e deixei pra lá. Era melhor não mexer naquilo e simplesmente deixar pra lá.

Por outro lado, fiquei lendo e relendo os comentários de Ludmila em relação a mim. Ela dizia que eu tinha traído a confiança dela e me chamava de "fácil demais". Parecia que eu tinha me atirado em cima do Beto, o que não era verdade.

Naquela situação, estávamos todos expostos da pior maneira possível. No entanto, Beto saía como o gostosão capaz de fazer duas meninas rolarem na grama disputando um beijo.

Minha amizade com Ludmila tinha acabado.

Não fui só eu que vi a foto e li os comentários na internet. Beto me mandou uma mensagem indignado e querendo conversar comigo. Não tive condições de responder. Eu estava confusa e não sabia por quanto tempo teríamos que suportar aquelas provocações.

Ludmila escreveu um texto imenso no perfil dela sobre amizade, traição, "decepção com as pessoas que a gente mais confia" e blá-blá-blá. Claro que algumas garotas que não iam com minha cara adoraram se manifestar em solidariedade à Lud.

Numa hora dessas a rede social pega fogo. Um monte de gente se sente no direito de dar opinião. Aparecer alguém pra acalmar os dois lados? Isso não aparece... Com exceção da Vivi, que escreveu uma única frase: "adoro as duas, vocês precisam conversar.".

Resolvi não me chatear com aquele papo furado recheado com provocações de todos os lados, evitei entrar na rede social. Evitei trocar mensagens pelo celular também. Migrei pro passado. Voltei a ser analógica. Quer saber? Foi ótimo.

Passei o domingo lendo. Um livro inteiro de uma autora incrível. Fiz novas amizades com aquelas páginas. Aprendi algumas coisas essenciais sobre empatia para poder viver a minha vidinha. A leitura acabou me dando uma ideia de como eu poderia resolver o conflito com Ludmila. Quanto ao Beto, eu não sabia se haveria espaço para alguma coisa além de amizade entre nós. De toda forma, eu não ficaria me escondendo das redes sociais, nem da turma da escola. Eu estava convencida a manter a cabeça erguida porque não tinha feito nada de errado, nem devia nada pra ninguém.

***

Por alguns dias, evitei conversar sobre o assunto com Beto. Ludmila estava virada comigo. Não me olhava na cara, nem por um segundo. Beto me olhava de longe, acenava e tentava algum tipo de contato. Eu respondia sem exageros. Balançava a cabeça, sorria, cumprimentava de longe. Eu parecia estar de boa, sem neurose nenhuma. Apesar disso, não queria contato direto com Beto. Não achava boa ideia pensar na gente juntos. Aquela situação de disputa tinha dificultado as coisas pra rolar algo entre nós.

Além disso, eu estava pensativa. Já tinha passado a fase da chateação, queria encontrar as melhores palavras para tentar conversar e voltar a amizade com Ludmila, e se ela não quisesse, eu estava disposta a pelo menos esclarecer as coisas entre nós, eu e ela, em nome da amizade que existiu desde a pré-escola, e que não precisava terminar por uma bobagem qualquer. Eu também sabia que Ludmila tinha extrapolado na violência com aquele tapa seguido de uma cena com copo virado sobre mim, mas de que me adiantaria alimentar raiva contra ela? Nós duas nos conhecíamos havia muito tempo, valia a pena tentar o diálogo.

Outra coisa que me incomodava era o jeito como Beto tinha se referido a Ludmila, chamando-a de louca (o que em algum outro momento poderia ser usado contra mim, com a mesma intenção de me desvalorizar, pelo próprio Beto ou por outra pessoa. Aliás, aquilo já tinha acontecido comigo quando eu fui conversar com Eduardo sobre o assediador do carro dourado. Parecia até uma prática comum entre garotos. Eu esperava que não entre todos). Beto não me parecia um cara tosco, do tipo que sai ofendendo as pessoas, verdade. Porém, eu já somava uma série de episódios em que ouvi homens, ou mesmo mulheres, se referirem a outra mulher como alguém sem noção, sem limite, agindo por impulso e descontrole. Isso me atingia em cheio porque eu também era uma possível vítima dessa forma de tratar as mulheres. E sempre detestei injustiças.

Embora eu estivesse confusa e triste, continuei fazendo as atividades do colégio com a mesma intensidade de sempre. Estudar me dava um prazer incrível, conhecer coisas e descobrir novas áreas de interesse. Minha mãe sempre reforçava em mim que conhecimento era poder, diferente de beleza, que sempre depende de padrões externos e está sujeita aos efeitos do tempo.

Roberta estava no meu grupo de estudo, Vivi também, Teresa se aproximara da gente depois do desastre da festa, sábado, na casa de Ludmila. As três tinham a mente afiada, liam muito, conversavam sobre tudo e mantinham a mente aberta para trocarmos ideias.

Elas compreenderam minha vontade de conversar com Ludmila. Concordávamos que perder a cabeça é uma coisa que acontece nas melhores relações e que todo mundo merece uma segunda chance. Mas Ludmila, ao contrário de Beto, que se mantinha por perto, parecia não querer fazer as pazes. Ela se misturava a uma turminha intrigueira e soltava frases provocativas para me cutucar, sempre que possível.

Eu já tinha extrapolado para um puxão de cabelos, o que tinha sido imaturo, pra não dizer coisa pior a meu respeito. Eu sabia que Ludmila e eu tínhamos avançado pra baixaria, não importava quem tinha começado ou quem estava com a razão. Eu não era de aço, não tinha sangue de barata (como dizia minha avó), reagir com puxão de cabelos foi algo impensado, diria automático. Era isso que me motivava a desculpar Ludmila, ela também poderia ter agido por impulso, tomada de ciúme, ódio, vaidade, inveja.

Óbvio que estava difícil suportar Ludmila me infernizando com suas cutucadas na escola. Ela sempre foi perita em se mostrar por cima de qualquer situação. A beleza e a grana de Lud também colaboravam com isso. Muita gente se mantinha perto de Ludmila por interesse, não que ela não merecesse amizade. Aliás, ela tinha desconsiderado anos de uma amizade sincera. A nossa. Eu entrava em contradição comigo mesma quando pensava no assunto. No entanto, mantinha a vontade de falar com ela sobre isso, resolver aquela briga e mudar de fase – mesmo que fosse para rompermos pra sempre.

Lud não dava o menor espaço para uma conversa. Só restava aquele clima de tensão e uma fofoquinha que faziam sobre nós.

Eu estava deixando o tempo passar...

Num final de tarde, saindo do colégio, eu esperava o ônibus tremendo de frio. Beto apareceu na esquina da rua. Eu fiquei sem graça, tentei disfarçar balançando os pés, o All Star azul. Ele se aproximou, tirou a blusa e me ofereceu.

– Você está tremendo de frio, *babe*.

– Eu tô sim.

– Veste pra se sentir melhor.

– Não precisa se incomodar.

– Eu não estou incomodado. Eu me importo com você, é isso.

– Puxa, que bom...

– Você tá brava comigo?

– Não, Beto, não estou brava.

– Você não falou mais comigo.

– Eu... Não sei nem o que dizer. Não foi legal o que aconteceu.

– Claro que não foi legal. Foi péssimo, aliás. Poxa, mas foi culpa minha? Da gente?

– Ninguém falou em culpa, Beto. Aconteceu uma coisa tremendamente desagradável. Eu conheço a Lud desde os primeiros anos de colégio. Éramos amigas, nem sei mais se voltaremos a ser.

– Eu sinto muito por isso.

– E tem mais uma coisa, eu não tinha a menor intenção de disputar alguém. Não era o caso, nem de longe.

Beto riu.

– Eu não sou grande coisa para uma disputa, mesmo.

– Nem você, nem ninguém.

– Eu sei, estou brincando. Tentando, pelo menos.

– Desculpa, eu tô confusa e não sei o que fazer.

– E a gente?

– A gente? Não sei, Beto.

– Você me disse que era pra eu te ignorar, mas isso não vai rolar. Eu não quero ignorar você. Deixar de falar e me afastar de você está fora de cogitação.

– Você não quer por quê?

– Porque não é fácil pra mim encontrar alguém que eu sinta vontade de conversar sobre tudo, alguém que curta as coisas que eu curto. A gente se entendeu bem de cara, não foi?

– É...

– Isso não é uma coisa qualquer. Eu não vou ignorar quem mexe comigo, quem me faz bem.

– Acho melhor a gente conversar com calma sobre tudo isso.

– Vamos conversar. Quer ir pra algum lugar?

– Pode ser outro dia? Ainda não tô legal.

– Tá bem, eu espero. Mas conversaremos?

– Sim.

– Aceita a minha blusa, vai.

– Tá bem, obrigada. Amanhã eu devolvo.

– Vou querer que você venha pra me devolver.

– Tá.

Ficamos mais soltos, com um riso tímido. Beto se aproximou devagar, colocou a mão no meu rosto. Gelei. Senti um frio percorrendo a minha barriga.

Eu queria que ele me beijasse. Eu queria mais do que tudo. Um beijo e Beto me faria esquecer tudo.

Ele se aproximou e me abraçou. Segurou minha cabeça e falou no meu ouvido.

– Eu quero você perto de mim.

Olhei pra ele e fechei os olhos. Beto me beijou no rosto. Eu abri os olhos com os olhos dele me olhando fundo.

\*\*\*

Subi no ônibus e mandei um beijo pela janela. Meu coração batia forte. Eu sentia todo meu corpo vibrar. Ele ficou ali no ponto de ônibus, com a mão estendida. O mesmo tênis que eu. Nosso jeito da cabeça nas nuvens aos tênis, o azul. Beto olhando pra minha partida como quem espera um retorno promissor. A volta.

Fiz a viagem pra casa com um milhão de coisas passando pela minha cabeça. Lembrei de Fred e da emoção que eu tinha sentido quando ele me beijou de forma inesperada. Lembrei que foi num ônibus que começou nosso namoro silencioso. Mas com Beto tudo parecia diferente. Eu sentia algo mais intenso, tinha vontade de estar com ele mais tempo e de descobrir tudo que poderíamos ter em comum.

Ao mesmo tempo, a forma como Beto se referiu à Ludmila, depois da nossa discussão, não me inspirava confiança.

Eu já tinha lido muitas coisas a respeito do machismo e de como ele se manifesta nas relações. Os abusos não estavam limitados às ações físicas, à imposição do sexo, à violência de um tapa. O machismo também surgia em atitudes sutis, como desmerecer uma mulher só por ser mulher.

Será que Beto era um cara machista? Será que existia algum homem capaz de não agir com machismo?

Será que Ludmila, competindo comigo pela atenção de um garoto bonito e recém-chegado na escola, não tinha se comportado de forma machista?

Eu precisava pensar mais e melhor. Pensar, inclusive, sobre uma forma de voltar a falar com a minha amiga. Mostrar pra ela que eu me importava com o que ela sentia. Dizer que era mais importante a nossa amizade.

Sim, eu queria salvar a amizade com Ludmila. Também queria que rolasse uma conversa entre nós sobre machismo, feminismo, mulheres que aprendem umas com as outras e sabem se respeitar. Eu queria falar com Ludmila sobre sororidade. Embora eu ainda soubesse pouco ou quase nada a respeito.

Minha cabeça martelava um monte de coisas. E eu sentia um frio na barriga. A cabeça fritava com o nome da Lud e como eu iria resolver aquilo. O frio na barriga era por outro motivo.

Eu estava completamente apaixonada pelo Beto. Isso era um fato. Talvez um problema, mas um fato.

* * *

Por aqueles dias eu tinha que fazer um seminário com apresentação de um texto pra aula de Língua Portuguesa. Poderia ser qualquer tema, qualquer autor, contanto que a gente expressasse a própria opinião sobre o texto, fizesse um paralelo com a própria vida e apontasse um caminho para um eventual conflito.

Escolhi o texto de uma autora nigeriana incrível, que tinha mexido mesmo comigo. Era uma espécie de crônica com título imperativo, chamando todos para uma manifestação feminista. A autora contava sobre sua relação com seus amigos e como a desigualdade de gênero a atingia violentamente. Expliquei o que seria isso: homens tinham melhores oportunidades e seus direitos garantidos, as mulheres, não. Um dos episódios descritos no texto mencionava a indignação do melhor amigo da escritora. Ele argumentava que as mulheres já teriam atingido a igualdade que queriam e não tinha o menor sentido falar em feminismo. Mulheres podiam trabalhar, não precisavam casar e em tudo poderiam viver como os homens.

Nem terminei a primeira parte da minha fala e Fernando interrompeu o seminário num tom de discussão:

– Nada a ver esse papo de feminismo. Tudo bobagem. Todo mundo aqui tem mãe que trabalha fora de casa. Elas estudaram, vestem o que querem, dirigem, viajam sozinhas a trabalho. É muita idiotice vir com esse papo de que mulher não tem os mesmos direitos que homem.

Para meu espanto, a sala continuou quieta. Inclusive a professora, que, se não concordava com a manifestação de Fernando, parecia não se interessar pelo tema.

– Ninguém tem uma opinião sobre o assunto? Alguém gostaria de contrapor a opinião do Fernando? – eu perguntei. Eu tinha uma opinião oposta à dele.

De repente, Beto levantou e disse:

– Fernando, você sabe quantas mulheres são violentadas por dia em nosso país?

– O que isso tem a ver com direitos iguais?

– Você acha que não tem nada a ver? Alguma vez você se preocupou se poderia ser agredido por uma namorada?

– Você tá viajando. Só pode.

– Não, infelizmente eu não estou viajando.

Fiquei feliz ao ouvir Beto se manifestando. Ele não estava fazendo aquilo por mim, dava para perceber que de fato se importava.

– Fernando, aproveitando isso de ser agredido por namorada – eu continuei –, você conhece alguma história de uma mulher que deixou de fazer alguma coisa porque o marido ou o namorado não queria?

– Tipo o quê?

– Tipo usar uma determinada roupa, ou pintar as unhas.

– Acho que sim.

– E de homens que deixaram de usar um tipo de roupa porque a mulher não queria?

– Ia ser engraçado.

Fernando parecia ironizar o que eu estava falando, mas mesmo assim eu continuei.

– Minha bisavó era uma moça talentosa para matemática, trabalhava na indústria e conhecia contabilidade. Quando ela conheceu meu bisavô, ele a pediu em casamento, rapidamente. A mãe dela era viúva e achou uma boa ideia a filha se casar. A cidade era pequena e a mãe da minha bisavó não queria que a filha ficasse "falada". Meu bisavô proibiu minha bisavó de pintar as unhas, usar batom e de trabalhar.

– Você está falando da sua bisavó, menina! Se liga! Isso foi em outro século.

– Verdade. E ainda hoje milhares de mulheres são agredidas pelo marido, companheiro, namorado, por causa de um batom vermelho, um esmalte, um vestido... Minha bisavó chegou a apanhar do meu bisavô. Ele só parou de bater nela porque o pai dele impediu e proibiu.

Todo mundo ficou em silêncio. E eu perguntei:

– Só na história da minha família teve mulher agredida?

Todo mundo começou a falar ao mesmo tempo. Casos seguidos se contaram e começamos a compartilhar da opinião de que o feminismo ainda era necessário.

Pedi pra avançar na apresentação. Contei que minha mãe sempre trabalhou dentro e fora de casa. Um dia, ela foi até um restaurante com meu pai e, ao pedir a conta, que seria paga por ela, o atendente devolveu a palavra e agradeceu ao meu pai. Por convicção, meu pai se dirigiu ao rapaz e disse:

– Fale com a dona do dinheiro.

A sala riu e o ambiente ficou leve.

O assunto tinha despertado revolta, indignação e era preciso conversar sobre feminismo como instrumento de libertação e não como um limitador, algo que só trazia de volta as piores histórias.

Segui falando de outros aspectos do machismo. Li os trechos do texto que marquei e que falavam sobre duas amigas que romperam a amizade por causa de uma confusão qualquer sobre namoro.

Os olhares caminharam de mim pra Ludmila.

Escrevi no quadro a palavra sororidade para provocar significados. Ninguém soube explicar o que era. Desafiei que pensassem a partir do texto que eu tinha lido. Dei algumas pistas. Um arriscou falar que era uma espécie de remédio feminista contra o machismo, o que não estava de todo errado. Mas remédio é um negócio que a gente sempre pensa amargo, e não era o caso.

Comecei a explicar a origem da palavra *sóror*, do francês, irmã.

– Irmandade! – alguém berrou do fundo da sala.

– Sim, irmandade é a ideia central aqui, mas vamos além disso – respondi.

– Deve ser coisa de freiras, tipo convento? – disse alguém.

Deixei que eles pensassem alto. Continuei provocando a troca de ideias. Eu estava muito empolgada com o tema que eu tinha escolhido (e até a professora de Português parecia estar precisando pensar sobre o assunto).

– Sororidade é empatia. É uma forma de se relacionar entre mulheres, abandonando qualquer forma de julgamento sobre outra mulher. Praticar sororidade é estar disposta a escutar atentamente as outras mulheres, apoiando-as sempre que possível. É tratar como irmã. Serve para fortalecer as mulheres contra os estereótipos do machismo.

– Estereótipos do machismo? Você não está exagerando? – Fernando retornou.

As meninas estavam todas prestando atenção. Pediram que eu prosseguisse.

– Como o clássico estereótipo de que mulher precisa de homem pra casar, ter filhos e ser feliz; ou que mulher é fraca e frágil e precisa de um príncipe para livrá-la do perigo; ou que mulher não sabe ser amiga de mulher; ou que somos todas fofoqueiras, falsas, mentirosas, volúveis; ou que sua amiga está de olho no seu namorado; ou que os homens não choram...

Perguntei:

– Já repararam como é fácil usarem palavras ofensivas contra a sexualidade de uma mulher, ou agredir um homem chamando-o de "mulherzinha", como se ser mulher significasse ser fraco, submisso, idiota até?

De repente, a turma inteira estava em silêncio me ouvindo e pensando sobre as coisas que eu já tinha dito sobre feminismo.

– Eu escolhi falar de feminismo e de sororidade porque eu também tenho que aprender a ser melhor nisso, a ter mais empatia e a me proteger de algumas ciladas dessa sociedade machista. Nós estamos em formação, começamos a viver a adolescência agora, ainda não sabemos tudo o que precisamos para viver neste mundo, a gente sabe. Mas todo mundo concorda que não é bom ser envergonhada, humilhada. Todo mundo concorda que é muito melhor manter a vida com amizades que podem nos ajudar com apoio e solidariedade.

Ludmila ficou me olhando de longe. Eu percebi que ela tinha ficado emocionada quando abaixou o olhar.

Todo mundo aplaudiu de pé. Não era exatamente o que eu tinha planejado, tanta euforia por causa do seminário. Fernando ainda passou por mim dizendo que era bobagem, mas até ele pensaria sobre o assunto daquele dia em diante.

– Amigas?

Quando olhei pro lado, Ludmila estava próxima de mim, dessa vez desarmada e me pedindo um abraço.

Por sorte que a aula dupla de português terminava no intervalo. A professora me deu os parabéns, mas também parecia incomodada, como Fernando.

Já eu e Ludmila choramos e repetimos uma para a outra: sororidade. Ela me disse que a nossa amizade era mais importante do que tudo. E que ela tinha sido muito trouxa comigo. Eu disse pra ela que não tive intenção de magoá-la. Mesmo que tivesse feito isso sem querer, pedi desculpas. Ludmila disse que eu não devia me desculpar, ela tinha sido horrível comigo. Eu concordei. Foi mesmo horrível levar um tapa de uma amiga na frente de todas as pessoas, seguido por uma cena novelesca de suco no cabelo. Detalhe, nunca assistia novela porque detestava.

Ao final, quem disse que preparar seminário pra Língua Portuguesa não poderia render uma solução pra vida toda da gente? Valeu a pena ser leitora de uma autora incrível. Aquela apresentação me libertou de um monte de encanações. E, pelas manifestações entusiasmadas, penso que apresentar o tema foi importante pra muita gente. Inclusive pode ter ajudado outras garotas a começar a romper com o casulo.

Quanto aos *boys*, especificamente, bom, acho que eles começaram a perceber que sororidade tinha poder de viralizar, era melhor que eles cuidassem de acolher o feminismo como prática porque as minas não estavam dispostas a passar pelo que tinha passado minha bisavó – sem contar as outras avós, mães, tias e mulheres conhecidas daquela turma de primeiro ano do ensino médio. Até a nossa professora de português tinha uma história pesada pra contar. Eu só vim a saber disso, tempos depois, por conta de uma das meninas do colégio que era sobrinha da Cristina, nossa professora. Ela estava em processo de separação. Recentemente, tinha descoberto que o marido esvaziara a conta bancária para beneficiar uma namorada que ele arranjou. O marido arrumou uma casa e deixou Cristina da noite pro dia com uma pilha de dívidas e duas crianças. Cristina viveu durante anos suportando um homem que a tratava de forma agressiva. Ele nunca tinha batido nela, mas a humilhava e a desprezava, inclusive na frente de amigos e parentes. Talvez tenha sido por isso que, ao me ouvir falar em feminismo, nossa professora tenha ficado tão perplexa. De certo, ela teria muito o que falar sobre sua própria experiência, mas não pôde.

# 6
# O PRIMEIRO IMPASSE

Eu e Ludmila ficamos bem depois do abraço e dos pedidos de desculpa, mas ainda tinha a conversa com Beto. Eu estava num baita impasse. Pensei que não estava apaixonada por ele. Mas também não me sentia indiferente à presença dele. Fugir, não dava. Beto estava esperando aquela conversa.

Respirei fundo e me acalmei para conversar com Ludmila. Abertamente. Parecia que eu tinha um garfo retorcido dentro da barriga. Lud estava sendo bacana comigo, OK, mas aquele tapa na cara falava muito sobre a personalidade dela e eu não queria me expor e passar de novo por um constrangimento daqueles.

– Lud, a gente precisa conversar sobre uma coisa delicada.

– Beto. A coisa delicada se chama Beto. Você quer namorar ele? Namora, não precisa de autorização minha pra isso.

Ludmila parecia um pouco irritada, mas não como no dia da festa. Algo estava diferente.

— Sim, verdade, Lud, não preciso que você me dê autorização para namorar o Beto ou qualquer outra pessoa. Nem sei se quero ou se vou namorar. Ou se ele quer namorar comigo. A questão não é essa. Eu quero que a gente se resolva sobre tudo o que aconteceu.

— Então, o quê? Pode me dizer, porque eu também estou disposta a resolver tudo para voltarmos a ficar de boas, juro.

— Não acho que eu fui legal, já disse, deixando de perceber que você estava na do cara. Fica ruim se eu falar pra você que não programei beijo nenhum? Aconteceu naturalmente.

— Isso acontece mesmo. Depois da nossa briga eu fiquei pensando e me colocando no seu lugar, e eu teria beijado ele também. Tô com vergonha por ter agido como uma menina mimada que perde uma disputa.

— Lud, eu não estava disputando com você.

— Tem certeza que não?

— Não. Definitivamente. E, quando eu saí da sua casa, Beto foi me acompanhando e ele falou de você usando uma expressão que me deixou mal. Apesar de estar na dele, eu defendi você e isso me fez perceber o quanto eu não disputava ele e nem ninguém com você.

— O que ele falou?

— Ele soltou um "garota louca", que eu já ouvi na boca de outros garotos contra mim. Na hora, não consegui engolir.

Foi machista. Deixei de falar com ele por causa disso, mas não porque você ficaria chateada pelo namoro.

– Nossa, pensei que você estava longe dele por se importar comigo, por minha causa – e nesse momento ela misturou uma expressão de indignação e decepção.

– Ludmila, qual parte você não entendeu? Por sua causa eu não precisaria me envergonhar ou esconder que gosto do Beto. Vamos ser amigas de verdade, mudar de fase e amadurecer nossa relação, Lud...

– O que isso significa?

– Falar com verdade, com franqueza.

– Sim. Tá... Você tá certa.

– Você exagerou muito. Você estava na do cara, eu poderia ter ficado longe dele, sim, verdade. Mas aconteceu o beijo porque nós dois quisemos e não para sacanear você, entende? Agora, aquela sua reação foi pra lá de sem medida. Você me agrediu até fisicamente.

– Uhum... Eu sei. Eu estou arrependida por isso.

– Eu acredito que você esteja. Somos amigas desde sempre, né Lud? Agora, quando Beto chamou você de louca, eu tomei como algo pessoal, muito maior do que eu e você.

– Do que você tá falando? Não tô entendendo nada.

– Sabe, essa mania de homem falar que somos loucas, vulgares, que estamos descontroladas porque devemos estar menstruadas ou de TPM? A gente tem que lutar contra isso, Lud. Eu já não suporto ouvir uma coisa dessas e ficar quieta, isso me deixa doente.

Expliquei pra Ludmila o que tinha pegado comigo. A violência verbal, desde a mais sutil, era alimento para violências piores que aconteciam contra todas nós. Ludmila quis deixar claro o quanto ela era sortuda por não ter passado por nada assim, ainda tentou me dizer que nós não podíamos mudar o mundo e que talvez as mulheres também fossem responsáveis pelo comportamento dos homens. Eu discordei de Lud, na minha concepção uma vítima não poderia ser responsabilizada pelo crime de seu agressor. E o agressor era alguém que xingava ou alguém que trancava a mulher em casa ou a obrigava a fazer coisas que ela não queria.

— Nós não somos loucas. Somos humanas, às vezes o negócio dá ruim pra nós, como dá pra eles, faz parte da vida. Mas não se pode desmerecer o que alguém sente ou a forma como pensa porque é uma mulher, e que mulheres são descontroladas pelos hormônios ou pelos chiliques. Tudo errado.

— É verdade. Eu não tinha pensado nisso.

— Nem eu. Mas tenho lido uma porrada de autoras que me ajudam a interpretar melhor a realidade. Inclusive elas me ajudaram a resolver meus conflitos pessoais, como o nosso...

— A gente vai conversar mais sobre isso e sobre o que você anda lendo. Também quero.

— Sim. Mas tem coisa que livro não responde, Lud... Só uma melhor amiga pra dar jeito.

— Diz o que você tá pensando. Eu tô aqui pra escutar e te ajudar no que puder.

– Beto, ele está esperando pra conversar comigo. Ficou me cercando todos esses dias e eu evitando entrar no assunto.

– E você vai ficar enrolando até quando? O que sente vontade de fazer? Tente ser honesta com você, pensar no que sente por ele.

– Eu gosto dele, não que eu esteja apaixonada porque a gente acabou de se conhecer e acho que não deu tempo pra me apaixonar.

– Você é racional demais, não acha? Acho que tem a ver com seu signo.

– Você e esse papo de signo.

– Fala pra mim, o beijo foi bom?

– Uhum...

– Uhum é o quê?

– Foi bom. Não foi bom, foi ótimo. Incrível. E eu não consigo pensar em outra coisa.

E nós duas rimos alto. Lud me abraçou, pegou o celular e mostrou a foto de um outro carinha.

– Preciso te mostrar meu *crush*. Um carinha que está fazendo aula de tênis comigo – ela disse.

– Hã? Nossa, eu cheia de voltas pra falar do Beto e você já está de *crush* novo.

– Depois da festa na minha casa, tive inteligência pelo menos pra perceber que ele não estava a fim de mim. E tem outra coisa, eu descontei em você não porque eu estava apaixonada pelo Beto, foi mais por ciúmes de você e por vaidade minha. Eu já me dei conta disso.

– Nossa, Lud, que incrível ouvir você se abrindo assim.

– Você não tá me zoando, né amiga? Sabe que essa coisa competitiva é do meu signo?

E rimos de novo. Só que dessa vez a gente tinha entendido alguma coisa a mais sobre isso tudo.

* * *

Nessa coisa de tapa, suco derramado, beijo roubado, violão, blusão, ponto de ônibus e papo cabeça com a amiga, passaram-se duas ou três semanas. Ou quase isso. Sem contar o colégio, com aquela pilha de trabalhos pra fazer e minha cabeça nas nuvens. Passou um baita tempo e eu não voltei a falar com Beto. No mínimo ele já tinha desencanado de mim, de nós, daquele beijo. Isso parecia óbvio porque, se nos primeiros dias, ele ficava me rodeando, olhando de longe, tentando contato, depois ele ficou na dele. O lance já tinha passado. Ele me evitava. E eu? Eu me dei conta que meu interesse por Beto só aumentava.

Conversei com Vivi, perguntei o que fazer. Não sabia se eu ia atrás dele ou se também deixava pra lá. Eu ficava bem sozinha, isso não era uma questão pra mim. Mas também não podia subestimar o encontro com um cara que, apesar de ter a mesma idade que eu, gostava de revisitar músicas perfeitas, com décadas de existência – enquanto o resto da turma estava na onda da moda. Aliás, Beto tinha mais em comum comigo do que as faixas da minha *playlist*. Nós dois nos ligávamos em gente, em conversa, em livros, em se perder em ideias, em *linkar* tudo por aí. Sem contar que a gente usava All Star nas mesmas cores: vermelho e azul.

Passaram-se duas ou três semanas? Como deixei correr tanto tempo? Eu estava pirando sem saber como e o que falar com Beto.

– Você pode ir lá falar com ele, mas acho que ele vai te esnobar. O cara parece todo *blasé*, não tá nem aí pra o que dizem. Ele é estranho.

– Poxa, Vi, que força você tá me dando, hein?

– Eu sou sua amiga, né? E se o cara der uma esnobada, você vai ficar de boa?

– Não. Mas só vou saber se ele vai me esnobar, ou não, se eu for lá falar com ele.

– Sei lá, amiga, eu não tenho cara de tomar frente numa coisa dessas...

– Que coisa?

– Pedir pra namorar um cara, ué?

– Juro que não entendi, Vivi. Não vou pedir pra namorar ninguém. Quero conversar e tentar resolver as coisas entre a gente porque eu tô super na dele.

– Você não acha que ele, por ser homem, deveria vir atrás de você, que é mulher?

– Jura, Vivi? Você pensa assim, é?

– Só acho mais romântico.

– E os direitos iguais, Vi?

— Hã? Você não tá falando sério. Acho bom direitos iguais, mas somos diferentes, mulheres e homens, e tem umas coisas que um pode fazer e o outro não. Quer dizer, é melhor que cada um faça o que deve fazer. Sei lá. Você me confundiu toda.

— Eu não te confundi. Você está confusa com esse monte de absurdos que estão aí na sua cabeça, amiga. Pensa assim, a gente tem o mesmo direito que um garoto tem de falar com quem a gente quiser, inclusive sobre sentimentos. Esse direito que eu tenho de falar o que quiser traz o risco de não dar certo quando a gente tenta conseguir alguma coisa. Mas também pode dar certo.

— Eu sei, eu sei... Mas você não acha mais romântico quando o menino vem pedir pra namorar a garota? Só falta você comprar flores pra ele.

Vivi não estava me zoando ou querendo me deixar bolada com aquela conversa. Eu conhecia Vivi o suficiente para saber que ela estava falando sério. Ela pensava daquela maneira. E eu estava muito disposta a fazer Vivi considerar outras possibilidades tanto para relacionamentos quanto para pensar a mulher que ela e eu seríamos neste mundo.

— Sei lá, Vivi, eu acho que romance é uma coisa que a gente inventa. E, se a gente inventa, pode ser do jeito que a gente quiser. Eu daria flores pro Beto, eu convidaria ele para o cinema e até pra jantar, se eu tivesse grana pra isso, coisa que eu não tenho, né amiga?

– Você é tão engraçada. A coisa que eu mais gosto em você é isso. Você é inteligente e engraçada. Nunca deixa de ter bom humor. E quer saber? Acho que você está certa. Mesmo! Eu tô me sentindo uma bocó com tudo isso que falei sobre romantismo e só homens poderem fazer isso ou aquilo.

– Que alívio, Vi. Então, tento falar com ele?

– Tenta. Mas se ele der um fora? Você não se chateie demais, tá?

A gente se abraçou forte depois disso. Vivi me conhecia há muito tempo. Eu me importava com ela. Ela cuidava de mim. Mesmo quando ela tropeçava no manual medieval do romantismo. O que era engraçado, em se tratando da Vivi, que era tão direta e reta com qualquer pessoa que falava com ela. Incisiva como um soco de um boxeador peso-pesado. Ou um bisturi.

* * *

Esperei o fim da aula, que nunca acabava. Eu me despedi rápido do pessoal. Fui para o ponto de ônibus, sentei e esperei. Beto não vinha. Demorou mais do que o normal, e eu pensei em desistir até que ele surgiu na esquina, com o vento espalhando os cabelos. Ele veio lindo. Frio na barriga que me deu.

– Oi, perdeu seu ônibus?

– Oi, Beto, na verdade eu...

– Você?

– Eu fiquei esperando...

— Tá com frio, é? — e aquela risadinha que ele desenhava no canto da boca e com os olhos.

— Também, mas não era isso que eu fiquei esperando.

E nós dois demos risada. Eu estava atrapalhada e não sabia o que dizer.

\*\*\*

— Quer conversar?

— Também.

Fiquei com um bloqueio bem no meio da testa. Olhando pra ele, tão perto.

— Também conversar, OK, e também mais o quê?

— O beijo. Quer dizer...

E não deu tempo. Ele me beijou enquanto eu esperava as palavras voltarem para a minha boca e torcia para que o ônibus sumisse por umas duas horas.

Depois a gente se olhou no abraço.

— "Linda, mais que demais, você me faz feliz".

— Beto, eu queria...

— Você não quer ficar comigo?

— Eu quero, mas temos que conversar umas coisas.

— Eu acho que sei o que é. E eu entendo. Aliás, fiquei pensando muito quando você ficou indignada por eu ter chamado sua amiga de louca. Pensei muito e fiquei com vergonha. Eu fui um trouxa. Falei bobagem.

– Ludmila foi trouxa, você foi trouxa, eu fui trouxa. Isso acontece. Mas a gente tem que conversar para ser menos trouxa da próxima vez, né?

– Sim, eu acho.

– Você sabe que eu sou feminista, né?

– "Você é mais que demais".

– Para de cantar pra mim que você me desconcentra e o papo é sério.

– Desculpa. Eu levo você a sério.

– Eu disse que sou feminista e, embora eu esteja aprendendo o que isso significa, já sei que não quero me afastar das minhas amigas e nem propagar estereótipos do que deve ser uma mulher, ou um homem. Parece confuso, mas é importante isso pra mim, Beto.

– Eu me importo com tudo isso e não quero ser um cara idiota machista.

– Acho que a gente vai se curtir muito, então.

– Além do mais, gostamos de Caetano.

– Isso é uma baita vantagem, né?

– Poxa, isso é pra celebrar a vida em quantidade e intensidade.

O segundo beijo no ponto de ônibus e a avenida passando por nós. Um beijo profundo. Enroscado. Eu passeando meus dedos nos cabelos compridos dele. Ele me segurando pela cintura. Meu coração batendo forte, o coração dele batendo forte. A nossa respiração tão próxima e ritmada.

Acho que eu estava começando a me apaixonar pra valer.

# 7
# O PRIMEIRO PEDIDO

– Beto, você quer namorar comigo?

– Namorar?

– É, namorar, isso mesmo. Eu queria experimentar isso com você.

– Claro que eu quero ser seu experimento. E você quer ser meu ratinho de laboratório, quer namorar comigo?

– Muito pro namorar, zero pro rato.

A hora avançou. No celular, minha mãe já tinha disparado 500 mensagens perguntando onde eu estava. Disse que tinha ficado para um trabalho na escola e já estava voltando. Senti de novo aquele frio na barriga por pensar que eu teria que contar para os meus pais que eu tinha um namorado.

– Sua mãe é brava?

– Não, Beto, ela não é. Quer dizer, ela é mais ou menos.

– Você não vai contar do namoro?

– Eu vou, mas não por mensagem...

– Entendi. Mas agora você já mentiu. Não precisa disso, não.

– Você tá me deixando nervosa, tá parecendo que me deu bronca.

– Não fique nervosa, desculpa, não é pra isso. É que eu sou um cara que fala as coisas diretamente, sabe?

– Você conta tudo pros seus pais, então.

– Mais pra minha mãe, quer dizer, no dia a dia é com quem eu converso mais. Você sabe que eu moro só com minha mãe, né?

– Sim, seus pais são separados, é isso?

– Não, meu pai nunca foi casado com minha mãe. Eles só me tiveram. Eram amigos.

– Amigos que resolveram ter um filho? Parece coisa de cinema.

– É, poderia ser roteiro de filme. Mesmo. Meus pais eram amigos desde o primeiro ano do ensino médio, na idade da gente. Quando minha mãe se formou na faculdade, ela estava noiva de um cara. O cara era um babaca, tratava ela supermal. Meu pai cansou de alertar minha mãe pra ela sair fora.

– Seu pai era apaixonado pela sua mãe.

– Não. Meu pai é e sempre foi *gay*.

Minha garganta secou. *Gay*? Beto me disse isso mesmo? Como ele poderia ter um pai *gay* se ele nasceu do pai dele com uma mãe que é mulher? Eu fiquei confusa. Por uns minutos fiquei em silêncio, acho que foi até constrangedor porque minha cara denunciou o espanto.

– Ficou surpresa? Normal. Olha, é bem diferente da grande maioria das famílias que a gente conhece, mas tá tudo certo.

– Sua mãe sabia?

– Sabia o quê?

– Que seu pai era, ou melhor, que ele é *gay*?

– Sim, claro. Como eu disse, os dois sempre foram amigos. O noivado da minha mãe terminou muito mal. O cara fazia de tudo para limitar minha mãe para que ela não fosse mais bem-sucedida do que ele. Os dois tinham escolhido a mesma carreira. Um dia, ela se tocou que estava numa baita fria. Ela me conta que só se tocou disso de tanto meu pai buzinar na orelha dela...

– Bom, mas como rolou ter um filho com seu pai?

– Minha mãe seguiu a carreira dela e foi se dando super-bem, mas queria ter um filho e não tinha encontrado alguém com quem quisesse viver junto, saca?

– Sim.

– Daí que ela e meu pai eram amigos até debaixo d'água.

Aquilo soou tão engraçado que eu soltei uma gargalhada. Beto achou engraçado eu rir, mas não teve tanta graça pra ele e eu percebi.

– Desculpa, Beto, achei engraçado. Você falou de um jeito parecido como eu falo com algumas amigas, *best friends forever*, *bff*, sabe?

– Pois é, foi nisso que deu treta. Os dois resolveram ter um filho juntos e acharam que isso seria incrível pros dois, que eram amigos e que poderiam criar uma criança juntos. Mas quando eu nasci rolou até disputa de guarda.

– Nossa, que chato...

– Minha mãe passou um tempo defendendo a ideia que meu pai nem queria ter filho, que eu era um projeto dela pra ser mãe.

– Puxa, esquisito isso pro seu pai, imagino.

– E pra mim. Até hoje eu fico pensando que ser projeto de alguém é como ser planta de uma casa feita por um arquiteto. Minha mãe é arquiteta – e Beto deu risada da própria piada. – Sorte que minha mãe percebeu que era ela quem tinha tido a ideia de ter um filho, mas que o filho não era só dela. Eu não tinha surgido do éter no meio da barriga dela. E no mais, meu pai é ótimo. Você vai ver. Eu adoro os dois.

– Bonito isso, Beto.

– Sim. Família é um troço que pode ajudar a gente a viver melhor, mais bem resolvido e tudo. Mas pode azarar feio com a cabeça da gente também. Eu fui pra terapia e demorei um tempo pra desculpar minha mãe e entender toda essa condição atípica que faz dos meus pais a minha família.

– Imagino que tenha sido complicado, mas você se saiu muito bem.

– Eu compreendi e aceitei a minha vida porque cada um tem uma história.

– Preciso conversar muito com você sobre essa coisa de cada um ter uma história.

— Eu quero. Quero que a gente tenha muito tempo pra conversar sobre todas as histórias que a gente quiser.

— E sobre projetos?

— Rá! E sobre projetos também! Por isso, conta pra sua mãe e pro seu pai do nosso namoro. Conta o que você quiser contar sobre mim, o que você já sabe. A gente não precisa mentir.

— Você tem toda razão.

— Bom, minha mãe e meu pai já sabem um monte de coisas sobre você. Com direito às fotos do seu perfil da rede...

— Jura? E aí, o que eles disseram?

— Meu pai comentou algumas frases que você gosta de postar e me disse que eu tinha escolhido namorar uma tigresa. Meu pai também é fã do Caetano.

Gargalhamos.

— E sua mãe?

— Acho que sentiu um pouco de ciúmes. Eu nunca quis namorar ninguém antes de você.

— Não?

— *Nopes*.

— E quer agora, namorar?

— Eu já disse sim, mas foi você quem veio pedir.

— Seu pai estava certo, afinal.

— Minha mãe, também. Disse que você é linda e tem uma pegada de irreverente. "Olha o cabelo dela, Beto?", ela curtiu.

— Agora você tem que me contar todas as histórias deles e me mostrar fotos.

– Você não fuçou no meu perfil?

– Não. Eu só fiquei curiosa de saber quem são seus pais agora. Você é bom contador de histórias.

– A história é que é boa.

*\*\**

Eu tinha que voltar pra casa, mas queria saber tudo sobre o Beto e a família dele. Também queria explorar as coisas que a gente faria juntos. Meu celular estava virando do avesso de tanto que apitava "mãe". Mandei uma mensagem capaz de acalmar o coração dela: "Mãe, tá tudo bem comigo. Não se preocupe. Estou conversando com o Beto. A gente precisava disso faz tempo. Depois eu vou te contar tudo que aconteceu. Por enquanto, quero te dizer que estou feliz e que te amo. Beijos e até já!!! Tô com fome!!! Hehehehe".

*\*\**

A conversa com minha mãe foi suave. Ela não tinha qualquer problema em me pensar namorando. Meu pai ficou com aquela dose habitual de ciúmes. Minha mãe deu uma dose habitual de lição de moral nele, e a gente se matou de rir. Depois veio o questionário de cinco páginas sobre quem era o Beto, de onde era o Beto, como é a família do Beto. A família do Beto? Pensei que eu fosse desmaiar, mas respirei fundo e pensei nas palavras dele "a gente não tem por que mentir". Contei tudo que eu sabia, incluindo as falas do Beto sobre família, amizade e verdade. Meus pais fizeram cara de espanto como eu fiz, mas já começaram a gostar do Beto. Eu vi nos olhos dos dois.

Eu e Beto fechamos um acordo de não namorar no colégio e manter o relacionamento entre nós. Não era mentira. A gente não ia ficar escondendo das pessoas que nos perguntassem. Mas iríamos nos preservar. A razão era bem simples, queríamos manter o clima de amizade entre nós e os outros. Beto e eu tínhamos em comum mais do que Caetano, a gente gostava de gente, de conversas, de trocas de ideias. A gente curtia ter muitos amigos e não ia rolar um relacionamento confinado entre nós dois. No mais, a gente só estava começando aquilo...

Claro que todo mundo sacou que rolava namoro entre nós. Beto me olhava com aquele olhar mareado, naufragando entre as minhas falas e os meus gestos. E eu fazia coisas com ele que não fazia com ninguém, como passar os dedos nos cabelos compridos dele. A gente se dizia poesia, meio do nada. Sem contexto, aparentemente. Estávamos apaixonados, "uma" pelo outro – como costumávamos dizer brincando.

Aos poucos foi passando aquela total convicção de não namorarmos, nem um pouquinho que fosse, no colégio. Assumimos aquele nosso lancezinho. Beijinhos escondidinhos. Não rolava beijo no pátio da escola porque, como eu falei, aquilo era um colégio de freiras e o "decoro" fazia parte do currículo.

Aliás, decoro que cabia melhor nas meninas porque elas deviam ser santas ou quase.

Além de não beijar no colégio, tinha uma nova ordem da direção, as meninas não poderiam mais vestir *shorts* nas aulas normais, somente na educação física. A saia tinha sido abolida fazia tempo. A razão disso é que as garotas encurtavam o tamanho da saia – que deveria ser abaixo do joelho e não perto do umbigo, como dizia a Irmã Paula, responsável pela portaria e fiscalização dos uniformes. Por conta dos umbigos de fora e das pernas também, daquele momento em diante não seria permitido outro traje além das calças compridas ou calças capri – que eram super-refrescantes para as canelas, a única coisa que podia ficar de fora.

Essa notícia estava pipocando entre os grupos e tinha muita gente revoltada. Muita gente, menina em sua maioria, claro. Mas alguns caras já se manifestavam solidários; achavam injusto sermos tratadas como coisas que precisam ficar cobertas, longe dos olhos dos outros, em nome da moral e dos bons costumes. Outros achavam injusto porque queriam ver mais pernas no colégio. Tinha todo tipo de apoio à nossa luta, e não estávamos em posição de desistir das coligações de chapa para vencer aquela disputa épica. Por isso, compusemos o grupo com diversidade e fomos batalhar por igualdade junto à diretoria do colégio.

Por causa do uso de *shorts*, eu tive meu primeiro engajamento em manifestação feminista.

Minha participação no seminário fez com que as pessoas me procurassem e me cobrassem a responsa.

– Você sabe o que dizer pra direção. Agora é a hora.

Eles estavam certos. O conhecimento vinha acompanhado de responsabilidade. Era preciso praticar o que se sabia, tornar vivo o que já é conhecido. E, embora eu estivesse com um baita frio na barriga, estava orgulhosa por ter sido procurada pelos meus amigos para falar sobre igualdade entre gêneros.

Durante aquelas reuniões que antecederam a reunião com a diretoria do colégio, eu comecei a pensar que meu futuro seria trabalhar com direitos humanos. O assunto não só me atingia como pessoa mas me entusiasmava como estudo e como manifestante também. Eu não queria passar a vida vendo gente sofrer preconceitos pela etnia, cor, religiao e por genero.

# 8
# O PRIMEIRO MEGAFONE

Cheguei em casa e conversei com meus pais sobre a nova determinação do colégio: as meninas não poderiam usar *shorts*, bermudas ou saias para frequentar as aulas. Sobrava vestir calças compridas, independentemente de calor ou frio.

A primeira pergunta do meu pai foi esdrúxula:

— Só me fala uma coisa, as meninas andaram abusando do tamanho dos *shorts*?

— Abusando, pai, como assim?

— Sei lá, mostrando demais. No meu tempo de escola, algumas meninas enrolavam a cintura da saia para ficar com as pernas de fora.

— E?

— E daí que não podia, né? Parecia que estavam na praia e aquilo era uma escola e não uma colônia de férias de verão.

Meu pai era um cara supermaneiro, mas às vezes ele tirava da cabeça dele umas verdades equivocadas pra caramba. Tá bem que todos nós somos humanos e que isso é quase sinônimo pra incoerência, mas meu pai, virava e mexia, dizia alguma coisa desajustada com relação ao gênero. Inclusive por querer proteger as filhinhas. Minha mãe torceu o nariz de cara, mas eu nem esperei por ela. Eu me adiantei.

– E por isso era melhor que proibissem as meninas de usar saias? Sim, né, pai, porque as meninas são sempre culpadas por tudo que é relativo ao corpo e à sexualidade. As meninas ganham apelidos grotescos, são as vacas, as galinhas, enquanto os caras são os machos alfa do nosso cercadinho.

Talvez não tenha sido exatamente o que eu disse que deixou meu pai muito nervoso comigo. O meu tom de voz foi alterado demais. Sem contar as mãos na cintura, posição de açucareiro, como dizia minha avó. E o nariz empinado que sempre me rendia umas belíssimas broncas em casa. Eu continuava a ser uma menina no corpo estreito, mas tinha uma língua treinada e afiada para respostas bem maduras.

Meu pai não me respondeu. Mandou eu me retirar. Que eu fosse pro meu quarto pensar em como eu tinha sido estúpida e que em casa eu não tinha esse direito. Eu estava tão empolgada com o feminismo e com a manifestação contra a diretoria que emendei:

– Isso é machismo, pai. O nome disso aí, que você faz e fala, é machismo. Se liga nisso.

Minha mãe até aquele momento tinha segurado a onda. Mas chamar o pai de machista e mandar se ligar estava fora dos limites da paciência dela. Minha mãe concordou com o meu pai. Mandou que eu fosse direto pro quarto.

Meus pais tinham uma espécie de pacto. Quando um dava uma ordem para os filhos, o outro apoiava. Depois, as coisas poderiam ser reformuladas com uma conversa entre eles, verdade. Mas, na hora do atrito, nada separava meu pai e minha mãe. Os dois eram uma espécie de time imbatível, invicto, como aquelas garotas do terceiro ano que vinham pra cima da gente no handebol com tiro certeiro no gol.

Fiquei inconformada com a postura da minha mãe. Ela era mulher e isso deveria significar muito mais do que ser minha mãe ou mulher do meu pai.

Subi pro quarto. Liguei o som. Baixo dessa vez. Escutei uma canção do meu álbum favorito. "Existimos a que será que se destina", e eu cheia de perguntas na cabeça. Afinal, para que será que a gente existe neste mundo? Eu, exagerada nas minhas reações, chorei e fiquei revoltada. Tinha vezes que meu sofrimento era pra além dos fatos. Eu me doía por tudo que se relacionava com a minha dor. Como a história dos *shorts*, das pernas de fora, das meninas serem culpadas por ter um corpo, e as estatísticas de violência que pouco mostravam pra gente na escola.

— Eu vou começar a fazer alguma coisa pela internet. Com minhas histórias, inclusive. Quero muito pensar em formas de nos libertarmos com a informação.

Eu pensava e falava sozinha.

Meu pai só tinha me mandado ir pro quarto. Não era tão mal assim. Meu quarto tinha até sinal de Wi-Fi. Além de uma cama ótima. Mas mesmo o melhor dos castigos ainda é um castigo. Passado um tempo – em torno de dez músicas e uma lição de história, comecei a me incomodar. Espiei o corredor e nada. Saí em direção ao quarto deles.

Afastei a porta para abrir e dei de cara com os dois. Estavam sentados na cama e meu pai parecia abatido.

Minha mãe tinha umas fotografias nas mãos, algumas dela e outras do meu pai. Tinha até eu pequenininha. Nas fotos, minha mãe estava de miniblusa, *shorts*, saia curta. Meu pai de cabelos compridos, camisa aberta. Dei risada. Aquilo era muito *vintage* e eu adorava aquele clima de memória. Achei tudo normal, feliz. Mas meu pai continuava cabisbaixo.

Minha mãe começou a falar que eu não tinha o direito de subir o tom para falar qualquer coisa que fosse naquela casa. Principalmente com os pais. Eu concordei. Pedi desculpas. Mas informei que meu pai tinha sido machista.

– Sim, ele se manifestou com machismo. E você tem o direito de questionar isso, mas lembre-se de que ele é seu pai, eu sou sua mãe e que o diálogo nunca faltou nessa casa. Por isso, tenha modos. Respeito.

– Eu sinto muito, mãe. Pai, a mãe tem razão.

– Passada essa parte, sua indignação com o colégio tem total fundamento. As meninas têm o direito de viver e manifestar a alegria de ter um corpo, tanto quanto os meninos.

Não há roupa proibida, nem devem as mulheres ser responsabilizadas e julgadas como vulgares enquanto a violência contra elas se mantém na prática machista.

— Poxa, mãe... Que lindo ouvir você falando desse jeito.

— Você pensou o quê, filha? Eu também estou do seu lado, eu também sou feminista.

— E eu também quero ser cada vez mais feminista, filha. Desculpa por repetir um padrão machista, muitas vezes. Eu fui criado por um pai ultramachista, você sabe porque conhece seu avô.

— Difícil quem não tenha sido criado em ambiente machista, pai. Estamos afundados numa sociedade machista e é por isso que eu quero me manifestar.

Meus pais me abraçaram com força. Reforçaram o apoio. Se eu estava decidida a me manifestar contra a decisão da diretora do colégio, eles estariam na retaguarda dando suporte para tudo que se fizesse necessário. Pediram que eu articulasse com as outras meninas. Seria importante pedir apoio dos garotos porque, se eles não estavam diretamente ligados à decisão, o fato de proibirem o vestuário feminino era uma restrição implícita à liberdade de todos e uma injustiça contra as mulheres.

No final daquele papo, pedi novamente desculpas para o meu pai. Ele me pediu desculpas "por ter falado aquela bobagem". A gente se entreolhou, disse que se amava.

Meus pais cometiam erros, algumas vezes eu também. Mas todos nós tínhamos o mesmo objetivo em casa, vivermos bem entre nós.

\*\*\*

No outro dia, no colégio, comecei articulando com Ludmila, Vivi, Roberta, Teresa, Tuco, Zizi, Marcelo e, é claro, Beto, que não só aderiu ao movimento pelos direitos das mulheres como conhecia na pele a opressão sofrida por ele e pelos seus pais com um tipo de família fora do convencional. Beto integrava a frente de apoio dos meninos e já começava a articular outras discussões pertinentes, como a homofobia.

O grupo se reuniu embaixo da escadaria principal. Aquilo foi ficando grande e resolvemos combinar uma reunião depois do horário da aula, na praça em frente ao colégio, porque estávamos com medo de que os funcionários reprimissem nossa manifestação.

A estratégia era simples: fazer cartazes com dizeres provocativos e ir todas e todos de *shorts*. Se expulsassem uma, teriam que expulsar todos.

João tinha mãe advogada e sabia um monte de coisas de direitos. Foi ele quem nos lembrou da Constituição Federal. Explicou que a Constituição era uma espécie de mãe das outras leis do nosso país, e que deveríamos citar os artigos que ajudavam a defender nossos interesses para poder garantir a legalidade da manifestação.

– Nada pode ir contra a Constituição Federal. Se for contra, tem que cair.

– Então, João, será que sua mãe pode ajudar indicando o que a gente tem que saber da lei?

– Isso até eu sei. O artigo 5º da Constituição é todo a nosso favor. É nele que está escrito que todos são iguais perante a lei. Ou seja, as meninas não podem ser tratadas de forma inferior aos meninos.

– João, você é incrível.

– Nossa casa também pode cair numa dessa – disse a Vivi, roendo unhas.

Tentei tranquilizar a todos, mas lembrei da minha primeira conversa séria com Beto e repeti o que ele havia dito a mim naquele dia em que nos pedimos em namoro:

– Cheguem em casa, conversem com os seus pais, gente. Expliquem a situação e tentem o apoio deles para a nossa causa. Importante estarmos seguros com relação a isso.

João ainda completou:

– Vocês podem insistir pesado com as mães, porque todas as mulheres vão querer ouvir que merecem ser tratadas com igualdade. E a mãe de vocês vive neste mundo, né? Elas sabem que não estamos tratando de absurdos.

– João, velho, você tá falando como um advogado mesmo.

– João pra presidente!

– João, nosso herói.

Seguidas as manifestações e os tapinhas nas costas do João, porque era fácil dispersar a reunião do grupo, retomei deixando todos saberem que a gente tinha arranjado um forte motivo para se organizar politicamente pela primeira vez. "Isso tem que ser uma constante daqui pra frente, gente,

porque a gente não é boi de presépio pra ficar mansinho concordando com tudo que nos mandam. Ou somos?" E segui no foco da organização para podermos dar conta da manifestação do jeito que a idealizamos.

– Os cartazes, alguém pode ajudar com a arte dos cartazes? Seria muito legal ter uma identidade do movimento.

Naquele minuto, uma voz baixinha tentou se fazer ouvir.

– Eu posso.

– Peraí, gente, a menina quer falar.

Ela era delicada e sua timidez era nítida. Camila estava sempre calada. Mais observava do que outra coisa. De repente, era ela quem estava liderando parte fundamental do nosso movimento.

– Eu sou desenhista, posso fazer uma espécie de logotipo e bolar os cartazes. Vou precisar que vocês ajudem na execução das peças.

– Uau! Agora Camila levou a gente pra outro nível, gente profissa! – Tuco gritou entusiasmado. O rosto de Camila ficou vermelho, mas ela prosseguiu.

– Eu posso tentar começar a fazer algo agora mesmo. Alguém tem uma ideia para uma frase ou um nome de grupo? Podemos ter vários...

– Pernas de fora! Que tal a gente fazer alguma coisa engaiolando as nossas pernas e pedindo nossa liberdade? – disse Ludmila.

– É bom. Mas a gente podia aproveitar pra cutucar mais e fazer umas citações de umas mulheres fortonas – seguiu Camila.

Timidamente, ela continuou:

— Eu me lembrei de uma frase da Frida Kahlo: "Pés, para que os quero, se eu tenho asas para voar?", a gente poderia fazer uma adaptação.

Ludmila se empolgou, ela adorava Frida Kahlo:

— Isso! E a gente aparece de *shorts* e sobrancelha pintada, as Fridas.

Beto se antecipou aos meninos:

— Eu topo! Venho até de flor no cabelo.

— Fechou!

— Fechou!

Antes que virasse uma bagunça, eu:

— Gente, espera! Camila, continua seu raciocínio, por favor.

— Então, pensei em fazer algo com essa frase, algo sobre termos pés e asas.

— Tive uma ideia, que tal: "Cortem nossos pés, ainda teremos asas para voar!"

— Mas não eram as pernas que não poderiam ficar de fora? — perguntou uma voz ao longe.

Camila respondeu:

— Acho a frase ótima. Posso montar como uma foto antiga, que inspira tradição, e colar várias pernas de fora.

— Camila! De onde você surgiu, mana?! Demais!

Dei um abraço espontâneo em Camila e ela ficou vermelha, de novo. Aquele lance todo era muito importante para todos nós. A gente se juntou e reconheceu que nossa amizade serviria como base para outras coisas muito importantes para o nosso grupo de ensino médio, mas também para os outros anos do ensino fundamental. O que sairia disso, ninguém sabia. Não é todo dia que a gente se junta à força revolucionária. Nem é todo dia que, numa mesma turma, se junta um que entende de leis, outra que entende de *design*, vários que não desenham nem palma da mão, mas não faltam no cordão de apoio.

– A casa vai cair, povo.

– Falando em casa, eu tô indo nessa.

– Também.

– Amanhã a gente vem de *shorts* e monocelha?

– Flor no cabelo!

– Aê, Beto, ó o que você inventou.

– Todo mundo, pra reforçar os direitos iguais do Dr. João.

– Isso aí.

Todo mundo foi se despedindo, dispersando do ponto de encontro. Até que chegou uma hora que ficou o povo do bota-fogo: eu, Vivi, Lud, Beto, Roberta, João, Teresa, Tuco, Zizi, Camila, que só tinha pinta de quietinha, boazinha.

– Bora, Camila, você precisa de algum material pro cartaz?

– Gente, olha, eu vou fazer o melhor que posso, em casa tenho tudo.

– E você vem de monocelha? – perguntou João, meio corpo inclinado por cima de Camila.

– Sim. Acho ótimo associarmos a manifestação com a figura de Frida.

– É que você é tão delicada – babou João. Ele parecia estar enfeitiçado pela guerrilheira da frente mexicana de emancipação feminina, mais conhecida como nossa Camilazinha, desenhista e *designer* do nosso coletivo.

– Delicada igual a flor da cicuta, João.

E todo mundo aplaudiu Camila. Ela tinha demorado para abrir a boca, mas pelo jeito que a coisa andava, ela não tinha intenção de parar.

Vivi ficou um pouco enciumada. Ela percebeu que eu fiquei boba com as ideias da Camila. Vivi sabia que eu adorava cabeças cheias de ideias. Também tinha o lance do romantismo de Vivi, das histórias com grandes vestidos em formato bolo de noiva. Mas, com coragem, ela se colocava disposta a encarar mudanças... começando por si mesma!

Sorte a minha que Ludmila já tinha ultrapassado todos os limites da confusão comigo. Depois daquele episódio ridículo com tapa e o esquindô, Lud e eu afinamos o famoso "papo reto" e nunca mais tivemos ruído na nossa amizade. Foi a Lud que teve gesto de sororidade e abraçou a Vivi com elogio, "sua participação nisso é muito importante pra gente, Vi, você é a mais certinha da sala de aula.".

A gente se despediu e eu segui com Beto para o ponto de ônibus.

– Você é fogo, menina.

– Somos.

– Precisamos ser. Mesmo.

– Se a gente não for brava, o mundo engole.

– Engole sem pedir licença.

\*\*\*

À tarde conversamos todos pelo grupo de mensagens. Aquilo estava bombando com excelentes ideias. Muita gente tinha conseguido apoio dos pais. Alguns conversaram em casa e desistiram de ajudar por conta disso. Em compensação, outras pessoas foram adicionadas ao grupo, inclusive pessoas do ensino fundamental, que já começavam a pensar no coletivo.

Na manhã do dia seguinte, encontramos Camila com diversos cartazes enroladinhos prontos pra uso. Ela tinha produzido tudo com três cores: preto, vermelho e branco. Ela mesma foi distribuindo para algumas pessoas do grupo que tinham dito que queriam segurar cartaz.

Seguimos para a diretoria juntos, cartazes em punho e vários gritos de guerra que fizeram com que todos os alunos saíssem das salas de aula e começassem a acompanhar nosso grupo.

"Não escolhemos nascer mulher, mas escolhemos vestir o que quiser."

"Vai ter as minas de saia e *shorts*, se os minos podem, as minas também podem."

Beto seguiu comigo na linha de frente. A diretora do colégio já esperava a turma na porta da sala dela.

– O que está acontecendo aqui?

Eu tomei a frente. Fui anunciando que nossa manifestação seria a primeira, mas não a última. Não pretendíamos mais parar de buscar nossos direitos. Tão pouco tínhamos a intenção de esquecer a busca por um ideal de justiça.

O colégio não era a câmara de vereadores, tampouco a Assembleia Nacional Constituinte. A dinâmica da diretoria era determinar as normas de conduta que nossos pais tinham concordado em seguir e fazer com que nós seguíssemos também.

Mas a diretoria não sofria de miopia social. Estávamos conscientes que, pra além dos nossos gritos e dos pais apoiadores, tínhamos uma rede social sedenta para denunciar – em qualquer matéria que ferisse os direitos humanos.

Beto não só me apoiou na causa, como deixou claro que era também sua causa. Ele foi importante para conversar com a diretora e colocar nossa proposta para que ela oferecesse uniformes similares para todos os alunos. Como ele mesmo chegou a dizer, se hoje cortam os pés de quem anda conosco, amanhã cortarão os nossos...

A diretora tratou todos com educação, pediu pra ler os cartazes e começou a fazer um discurso calmo e ritmado sobre as meninas terem abusado demais na exposição do corpo. Aquilo era um ato "vulgar" e que, com a unanimidade da sala dos professores, tinha sido decidido abolir saia e *shorts* para as meninas.

– Senhora Diretora – eu perguntei –, até quando as mulheres serão penalizadas por ter um corpo? A senhora fala que as meninas abusaram porque encurtaram uma saia, mas associa essa saia ao corpo que é visto e desejado por alguém. Por quem seria? Garotos? Deles, nós vamos arrancar o quê, os olhos?

– A senhorita será advertida por me tratar de forma desrespeitosa.

Embora os meus pais estivessem avisados sobre a manifestação no colégio, fiquei muito incomodada com a ameaça de advertência. No entanto, minha postura era irreversível.

– A senhora pode advertir. Eu assumo e não vou retroceder.

– Nem eu.

– Nem eu.

– Também não.

– Eu nem, ó.

Não teve ninguém que se calasse. De repente, estávamos todos praticando a sororidade, abraçando a causa e assumindo as consequências juntos. A coesão foi tanta que a diretora concordou em reavaliar os uniformes e decidiu que, a partir daquele momento, poderíamos voltar a usar as saias e todas as demais peças do vestuário do colégio.

Beto e eu juntos, e a coisa que já tinha começado a tramar uma revolução por dentro de mim por conta de tantos episódios recém-vividos: meu namoro com Beto tinha me ensinado a pedir perdão e a perdoar minhas amigas – mesmo que eu tivesse passado por um vexame; também me ensinava mais sobre autoexpressão, eu podia e devia me colocar diante das pessoas, lutando pelo que eu desejasse.

Sem dúvida de que Beto na minha vida não reforçava só os questionamentos que eu já trazia em mim. Ele veio com histórias dele, e eu tive a chance de repensar o que era ser humano, de verdade, assim como o que importava nas relações familiares e sociais.

Em Beto, eu via que era possível estabelecermos relações ambivalentes entre homens e mulheres, era possível existir uma situação de respeito mútuo que fosse tão inerente às pessoas que não seria possível qualquer tipo de desigualdade no exercício da cidadania.

João também era um cara da mesma panela que Beto. Tuco, Klem, Marcelo nem se fala, sempre compreendeu, na pele, as demandas que aconteciam comigo e que tive de enfrentar só por ser uma menina.

Terminamos a manifestação sem incidentes, advertências ou suspensões. O que era ótimo. O objetivo de reunir as pessoas do colégio para uma participação efetiva na política das relações era para nos habituar ao pleito dos nossos direitos. Isso parecia ter acontecido, de fato. A diretoria do colégio parecia ter entendido que estávamos bem preparados no discurso e na ação. Vivi pediu uma salva de palmas para a Diretora. Isso foi um ato diplomático que rendeu muitos elogios pra Vi, de nós todos, inclusive do João, mas isso é outra coisa.

Além disso, tudo que tinha acontecido ultimamente na minha vidinha e com meus amigos mais próximos mostrava que era emergencial conversarmos sobre dignidade, igualdade e liberdade. Era imprescindível criarmos um ambiente de troca, confiança, acolhimento e segurança. Precisávamos conversar, e não nos afastar mais dessa prática, para tentar dissolver graves contradições deste nosso mundo, um lugar que já tinha se conectado com redes sociais, em aparelhos que funcionam sem fio e ao alcance das mãos, mas que ainda não conseguia estabelecer empatia com amplidão, que ainda não havia interesse mútuo suficiente para aprender com a história do outro e valorizá-la tanto quanto valorizamos a nossa própria história.

O ensino médio estava começando. Naqueles meses, eu já tinha uma gangue contra o preconceito, um namorado feminista e fã de Caetano, amigas e amigos que tinham compreendido o quanto nos beneficiava a prática do respeito e da sororidade.

Longe das amizades do colégio, no próximo sábado, eu já tinha decidido que iria aparecer de surpresa na casa de Mariana para deixar claro que eu não tinha desistido da amizade da minha irmãzinha. Queria deixar claro pra Mari que a distância física só pode nos afastar quando deixamos morar conosco a distância do pensamento, do coração. Mariana era minha irmã eleita na vida, tínhamos muitas histórias preciosas que eu guardava e cultivava com todo afeto.

Eu não desistiria de nenhuma mana, nem de Mariana, nem de Ludmila ou de Analu, nem de Zizi ou de Roberta; não abandonaria Teresa, Vivi, Camila... Eu não desistiria de nenhuma das minhas amigas, nem das minas que eu não conhecia. Não abandonaria minhas irmãs de sangue também, Aline, a do meio, e Paulinha nossa bebê recém-chegada. Eu lutaria por todas elas, mulheres, mas também lutaria pelos *boys* amigos, como Tuco, Marcelo, João, Beto, todos interessados em aprender com as histórias de cada um. Eu vivia um momento importante pra mim, ou me apresentava olhando nos olhos das pessoas e dizendo, "Prazer, Olívia". Eu... estava convencida a me manter ativa para renascer mais forte a cada novo desafio, mesmo que me sentisse esgotada, no limite da energia.

"Isto também passará", eu me lembraria.

## PENÉLOPE MARTINS

*Minha vida não é cor-de-rosa* é um livro que começa com flores azuis de minhas memórias, recordando o primeiro gesto apaixonado que recebi de alguém – um garotinho que me pareceu muito corajoso e sensível. Relembrei muitas histórias, algumas pessoais e outras que aconteceram perto de mim. Derramei algumas lágrimas nos primeiros capítulos, mas, à medida que o livro crescia e eu podia notar que todos os personagens estavam sensíveis ao que é humano, passei a sentir felicidade por tentar criar nesta história maior disposição para a compreensão e o perdão por meio do diálogo. *Minha vida não é cor-de-rosa* é um livro que demonstra minha crença no afeto.

## MARA OLIVEIRA

Nasci em Brasília e moro há pouco mais de dois anos em Niterói (RJ). Sou ilustradora e desenvolvo, principalmente, trabalhos que abordam as questões de luta das mulheres, sua força e diversidade, o que combinou com o livro *Minha vida não é cor-de-rosa*, meu primeiro trabalho para o público infantojuvenil. Logo, pude contribuir com as valiosas lições desta história, desejando que elas possam auxiliar as meninas e os meninos a desconstruírem comportamentos de competitividade, tão enraizados na sociedade, para que, juntos, desenvolvam relações de fraternidade e luta.

Este livro foi composto com a família tipográfica
Chaparral Pro, para a Editora do Brasil, em março de 2018.